書下ろし

# 死に神

素浪人稼業⑦

藤井邦夫

祥伝社文庫

目次

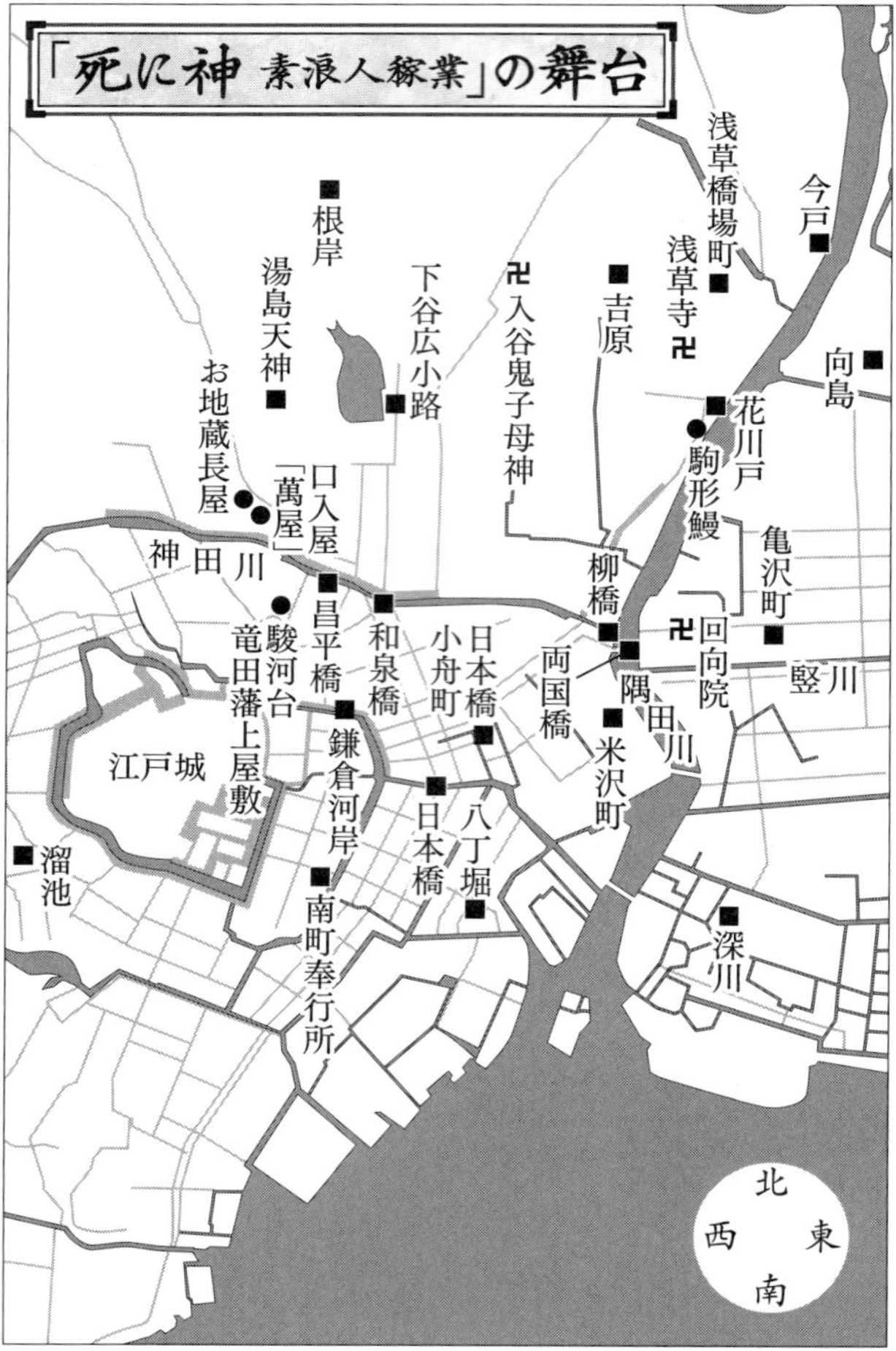
「死に神 素浪人稼業」の舞台
浅草橋場町
今戸
浅草寺
吉原
入谷鬼子母神
下谷広小路
根岸
湯島天神
お地蔵長屋
「萬屋」
口入屋
神田川
昌平橋
和泉橋
駿河台
竜田藩上屋敷
江戸城
溜池
鎌倉河岸
日本橋
小舟町
日本橋
八丁堀
南町奉行所
柳橋
両国橋
米沢町
隅田川
回向院
竪川
亀沢町
駒形鰻
花川戸
向島
深川
北
西
東
南

# 第一話　死に神

一

木戸にある古い地蔵尊の頭は、朝日に眩《まぶ》しく輝いていた。

神田明神《かんだみようじん》下のお地蔵長屋には、おかみさんたちの笑い声と子供たちの歓声が溢《あふ》れていた。

おかみさんたちは、亭主を仕事に送り出して掃除洗濯を忙しくこなす。その忙しさの中でも、おかみさんたちはお喋りと笑いを忘れはしない。

お地蔵長屋の井戸端は、今日も賑《にぎ》やかな朝を迎えていた。

もう駄目だ……。

矢吹平八郎《やぶきへいはちろう》は、頭から被っていた蒲団《ふとん》を撥《は》ね除《の》けた。

おかみさんたちの賑やかな笑い声は、平八郎の二日酔いの頭を休ませてくれはしなかった。

昨夜、平八郎は神道無念流《しんとうむねん》の剣術道場『撃剣館《げきけんかん》』に通う仲間たちと痛飲した。酒の席は剣術談義で盛り上がり、楽しい時を過ごした。

楽しさの後には苦しさがある……。

平八郎は起き上がり、頭を振りながら大きな吐息をついた。

酒の臭いが漂《ただよ》った。

平八郎は、井戸端が静かになったのを見計らって下帯一本で外に出た。そして、井戸端で頭から水を被《かぶ》った。

水の冷たさは、平八郎の五体から酒の酔いを追い出してくれた。

平八郎は、木戸の地蔵尊に手を合わせ、光り輝く頭をさっとひと撫ぜして長屋を出た。地蔵尊に手を合わせて頭を撫ぜるのは、平八郎だけではなく長屋の住人たち皆がやることだった。

懐《ふところ》の淋《さび》しい平八郎の足は、自然と明神下の通りに向かっていた。明神下の通りは、神田川に架《か》かる昌平橋《しょうへいばし》から不忍池《しのばずのいけ》に続いている。

平八郎は、明神下の通りを進んだ。

明神下の通りにある口入屋『萬屋《よろずや》』は、日差しを背に受けて薄暗かった。

平八郎は、薄暗い店内を窺《うかが》った。

薄暗い店の帳場では、主《あるじ》の万吉《まんきち》が算盤《そろばん》を弾いていた。万吉は、覗いている平八郎の気配を感じたのか、不意に表を見た。

平八郎は思わず隠れた。そして、隠れなければならない理由のないのに気付いた。

我ながら情けない……。

平八郎は、苦笑しながら再び『萬屋』を覗いた。

万吉は、笑いながら平八郎を手招きした。

「死に神……」

平八郎は、思わず素《す》っ頓狂《とんきょう》な声をあげた。

「ええ。日本橋《にほんばし》の茶問屋の若旦那なんですが、ここ一月《ひとつき》の間に辻斬りに襲われ、大川《おおかわ》に落ちて溺《おぼ》れ死にかけ、神社の石段を転げ落ちたりしましてね。ま、命だけは助かっているんですが、災難が続いて旦那さまとお内儀さんが、死に神にでも取り憑《つ》かれているんじゃあないかと、そりゃあもう心配しましてね」

「そいつは気の毒だが、死に神はないだろう」

平八郎は、少なからず呆《あき》れた。

「ええ。私もそう思いましてね。若旦那が命を狙われるようなわけはないのか、旦那さまとお内儀さんに訊いたんですよ」

万吉は眉をひそめた。

「そうしたら、何と云ったんです」

「そいつが、若旦那は酒に博奕《ばくち》に女の遊び人でしてね」

「絵に描いたような若旦那だな」

平八郎は苦笑した。

「ですから、家を出てからのことはさっぱり分からないと……」

「そこで登場したのが死に神ですか……」

「ええ。それで、しばらく若旦那に張り付いて見守ってくれれば一日一朱。若旦那が危ない目に遭い、助けたら五両、十両の礼金は間違いなし。どうです、やりますか」

一朱は一両の十六分の一だ。一日の給金としては決して悪くはない。

死に神などこの世にいるはずはない。茶問屋の若旦那に取り憑いているのは、死に神などではなく人殺しなのだ。

「分かった。その仕事、やらせて貰いますよ」

平八郎は引き受けた。

万吉は、思惑通りに事が運んだのか、満足気に頷いた。

「さあて、どんな死に神が出て来るか……」

平八郎は笑った。


日本橋川を行く猪牙舟《ちょきぶね》は、水面《みなも》に波紋を残して行く。

平八郎は、賑わう日本橋を渡って日本橋通りを進み、通り三丁目にある茶問屋『一《いっ》香堂《こうどう》』に向かっていた。

茶問屋『一香堂』は五十年以上続いている老舗《しにせ》であり、大名や大身旗本家に出入りを許されていた。

主の仁左衛門《にざえもん》は三代目であり、お内儀のお清《せい》はたった一人の子供の松太郎《まつたろう》を猫可愛がりしていた。そのたった一人の子供の松太郎が、死に神に取り憑かれた若旦那だった。


茶問屋『一香堂』には、茶の香りが漂っていた。

平八郎は、番頭の彦造《ひこぞう》に案内されて母屋《おもや》の座敷に通った。

座敷には仁左衛門とお清が待っていた。

平八郎は、万吉の周旋《しゅうせん》状を見せて自己紹介をし、松太郎に降り掛かった災難を詳しく尋《たず》ねた。

一月前、松太郎は湯島天神門前町《ゆしまてんじんもんぜんちょう》で遊んだ帰り、神田川の昌平橋で辻斬りに襲われた。辻斬りは浪人であり、間一髪のところで通り掛かった勤番武士が駆け付けてくれて事なきを得た。そして、十日後には向島《むこうじま》で足を滑らせて大川に落ち、危うく溺れ死ぬところを荷船の船頭に助けられ、三日前には愛宕山《あたごやま》の長くて急な石段を転げ落ちた。いずれの時も、松太郎は酒に酔っていたが運の良いことに掠《かす》り傷で済んでいた。

「運の良い若旦那ですね」

平八郎は感心した。

「お蔭さまで……」

仁左衛門は、複雑な笑みを浮かべた。

「それにしても矢吹さま、一月に三度も死にそうになるなんて只事《ただごと》ではございませんん。松太郎は、死に神に取り憑かれたのかもしれません」

お清は涙ぐんだ。

「お清……」

仁左衛門は眉をひそめた。

「まあ、そいつはこれからです。それより若旦那、誰かに恨まれ、命を狙われているようなことはありませんか」

平八郎は尋ねた。

「矢吹さま、正直に申しまして、私たち夫婦は一人息子の松太郎を甘やかして育てました。そのせいで松太郎は、飲む、打つ、買うの三拍子揃った者になり果てました。その辺《あた》りで恨みを買っているのかもしれませんが、私どもには皆目《かいもく》……」

仁左衛門は眉をひそめて項垂《うなだ》れ、お清はすすり泣いた。

「いや。若旦那が恨まれているとは限りませんし、逆恨みってのもあります。それに辻斬りは只の金目当てで、大川に落ち、石段を踏み外したのは、酒に酔ったからかも……」

平八郎は、慌てて云い繕《つくろ》った。

「それは、相談をした北町奉行所の同心の旦那も仰《おつしや》いまして。ですが……」

「どうしても、そうは思えませんか」

「はい。何故か胸騒ぎがして……」

仁左衛門は、老いた顔に不安を浮かべた。

「分かりました。しばらく若旦那を見守ってみましょう」

「それでは松太郎を……」

「いえ。私が何者か知ると、若旦那もいろいろ気にし、他人にも気付かれる恐れがあります。先ずは密《ひそ》かに……」

松太郎が見守られていると知れば、本当の姿を現すはずはない。

平八郎は、松太郎の本当の姿を見たかった。

日本橋の通りは行き交う人で賑わっていた。

平八郎は、蕎麦《そば》屋でせいろをすすりながら斜向《はすむ》かいの茶問屋『一香堂』を見張った。

平八郎が二枚目のせいろ蕎麦を食べ終えた時、『一香堂』から羽織を着た二十歳過ぎの優男《やさおとこ》が出て来た。

若旦那の松太郎……。

平八郎は、蕎麦代を払って蕎麦屋を出た。

羽織を着た優男は、番頭の彦造に見送られて日本橋に向かって行った。

平八郎は彦造を窺った。

彦造は、平八郎との打ち合わせ通りに小さく頷いた。

羽織を着た優男は、平八郎の睨んだ通り若旦那の松太郎だった。

平八郎は、彦造に目礼して若旦那の松太郎を追った。


日本橋通りを行く松太郎の足取りは、死に神に取り憑かれている男にしては軽やかだった。

平八郎は尾行した。

松太郎は、三度も死に損なったのを気にも留めずにいるのだ。死に神に取り憑かれていると思っているのは、親の仁左衛門とお清の取越し苦労に過ぎない。

松太郎は、鼻歌混じりに日本橋に向かっていた。

平八郎は、松太郎を尾行する者がいないか警戒しながら追った。

日本橋を渡った松太郎は、室町《むろまち》に進んで三丁目の浮世《うきよ》小路に入った。そして、堀留《ほりどめ》沿いを進み、西堀留川《にしほりどめがわ》を渡って小舟町《こぶなちょう》一丁目にある仕舞屋《しもたや》に入った。

さあて……。

平八郎は、仕舞屋に住む者が誰か調べることにした。

西堀留川に映る陽の光は風に揺れた。

夕陽は西堀留川を赤く染めた。

松太郎が仕舞屋に入って一刻（約二時間）以上が過ぎた。

仕舞屋には、おてるという妾《めかけ》稼業の年増が飯炊き婆さんと暮らしていた。おてるを囲っていた呉服屋の隠居はすでに死んでおり、松太郎が時々訪れているのが分かった。

おそらく松太郎は、おてると情を交わしている若いつばめなのだ。

親の心配も知らずにいい気なものだ……。

平八郎は、不意に腹立たしさを覚えた。


暮六つ（午後六時）が過ぎた。

西堀留川を行き交う舟は明かりを灯《とも》し始めた。

半刻（約一時間）が過ぎた頃、仕舞屋から松太郎が年増に見送られて出て来た。

平八郎は暗がりに潜《ひそ》んだ。

年増は、仕舞屋の住人の妾稼業のおてるだ。おてるは、帰ろうとする松太郎を呼び止め、物陰に連れ込んで口を吸った。

松太郎は、年増に可愛がられている……。

平八郎は想いを巡らせた。

おてるには他に男がおり、松太郎の存在に気付いて怒り、人を雇って狙っているのかも知れない……。

平八郎は辺りを窺った。だが、不審な人影はなかった。

仕舞屋を出た松太郎は、軽い足取りで神田の方に向かって行く。

平八郎は尾行した。


神田川に架かる昌平橋には、仕事を終えて家に帰る人々が行き交っていた。

松太郎は、昌平橋を渡って神田明神門前町の盛り場に入った。

神田明神は、大黒天、恵比寿天、平将門《たいらのまさかど》を祀《まつ》る江戸の総鎮守である。

松太郎は、通い慣れた様子で盛り場を進み、小料理屋『おそめ』に入った。

「おそめか……」

平八郎は呟いた。

神田明神門前町の盛り場には、平八郎の親しくしている居酒屋『花《はな》や』がある。小料理屋『おそめ』は、『花や』よりも酒や料理の値の高い店で、平八郎は入ったことがなかった。

平八郎は、『おそめ』の暖簾を潜った。

小料理屋『おそめ』の店内は、薄暗く静けさが漂っていた。

「いらっしゃいませ」

中年の女将《おかみ》は、平八郎を見て微《かす》かに眉をひそめた。

平八郎の何日も結《ゆ》い直していない髷《まげ》、薄汚れた着物と袴は、中年の女将の眉をひそめさせるのに充分だった。

「あの……」

中年の女将は、躊躇《ためら》いがちな視線を向けた。

「心配するな。金ならある」

平八郎は、そう云いながら店内を見廻した。

松太郎は、衝立《ついたて》で仕切られた入れ込みの一隅で若い酌婦と酒を飲んでいた。

平八郎は酒を注文し、入れ込みにあがって松太郎の背後に座った。

松太郎は、若い酌婦の肩を抱き寄せて何事かを囁《ささや》き、酒を飲んでいる。若い酌婦は、何がおかしいのか身を捩《よ》じらせて含み笑いを洩らしていた。

平八郎は、酒を飲みながら店内に不審な者がいないか見廻した。

店内では、大店《おおだな》の隠居、旗本、勤番武士などと思われる客が酌婦を相手にして酒を飲んでいた。

不審な者はいない……。

平八郎は手酌で酒を飲んだ。

中年の女将は、平八郎の許《もと》に酌婦を寄越すことはなかった。

松太郎と若い酌婦は、何事かを囁き合っては小さな笑い声を洩らし続けた。

平八郎は、手酌で酒を飲むしかなかった。


一刻が過ぎた。

松太郎は、中年の女将と若い酌婦に見送られて小料理屋『おそめ』から出て来た。

平八郎は、大きく背伸びをして斜向かいの路地を出た。あれから平八郎は、二本の徳利で半刻ほどを過ごして店を出た。徳利一本の値は五十文もし、馴染《なじ》みの居酒屋『花や』の三十五文の酒より水っぽかった。

松太郎は、酔客で賑わう盛り場を抜けて神田川に向かった。

これで、日本橋の家に帰るのか……。

平八郎は松太郎を追った。

松太郎は、明神下の通りに出て昌平橋に向かった。

平八郎は後を追った。

松太郎が昌平橋の袂《たもと》に来た時、いきなり行く手に着流しの浪人が現れた。

松太郎は、一月前に斬り付けて来た辻斬りを思い出したのか、立ち竦《すく》んだ。

どうした……。

平八郎は緊張した。

浪人は、立ち竦んだ松太郎に近寄った。

松太郎は逃げようとした。だが、手足は震えるだけで動きはしなかった。

浪人は、立ち竦んだ松太郎に眉をひそめながら擦れ違った。

刹那《せつな》、松太郎は立ち竦んだまま悲鳴をあげた。

浪人は突然の悲鳴に驚き、弾かれたように昌平橋の欄干《らんかん》に逃れて頭を抱えた。

平八郎は、二人の許に駆け付けた。

松太郎は佇《たたず》んだまま激しく震え、浪人は欄干の下に頭を抱えて蹲《うずくま》っていた。

平八郎は戸惑った。

「どうした」

「辻斬りが、辻斬りが……」

松太郎は震え、半泣きで平八郎に訴えた。

「おぬし、何をした」

平八郎は浪人に尋ねた。

「俺は何もしちゃあいねえ。それなのに、いきなり悲鳴をあげやがって……」

浪人は、気味悪げに松太郎を窺った。

平八郎は、思わず苦笑した。

浪人は我に返って立ち上がり、頭を抱えて蹲ったのを恥ずかしげに取り繕った。

松太郎は浪人を辻斬りだと誤解し、浪人は松太郎の悲鳴に単に驚いただけだった。

平八郎は呆れ、噴出しそうになる笑いを懸命《けんめい》に抑えた。

「聞いての通りだ」

「は、はい……」

松太郎の悲鳴を聞いた近所の者たちが、恐ろしげな様子で近寄って来た。

「役人が来たら面倒だ。二人とも早く退散した方がいい」

平八郎は、松太郎と浪人に立ち去るように促した。

浪人と松太郎は、平八郎の言葉に頷いてそそくさと昌平橋を離れた。
平八郎は松太郎に続いた。
昌平橋から茶問屋『一香堂』に帰るには、八《や》ツ小路から日本橋の通りを進めば良い。
松太郎は、流石《さすが》に真《ま》っ直《す》ぐ帰宅する気になったのか、日本橋の通りを足早に進んだ。
時はすでに戌《い》の刻五つ半（午後九時）を過ぎ、行き交う人は少なかった。
神田須田町《すだちょう》、鍛冶町《かじちょう》、そして日本橋室町を抜けると日本橋川に架かる日本橋になる。
松太郎は進んだ。
平八郎は尾行した。
松太郎は日本橋を渡り、南詰にある高札場に差し掛かった。
刹那、高札場の後ろから大きな犬が飛び出し、松太郎に猛然と吠え掛かった。
松太郎は驚き、慌てて後退《あとじさ》りした。
野良犬か……。

平八郎は、松太郎の許に走った。

犬は吠えながら松太郎に迫った。松太郎は逃げ惑い、日本橋川に追い詰められた。

犬に容赦《ようしや》はなく、吠えながら松太郎に飛び掛かった。

松太郎は、悲鳴をあげて日本橋川に落ちた。

水飛沫《みずしぶき》が月明かりに煌《きら》めいた。

しまった……。

平八郎は慌てた。

その時、指笛が微かに鳴り、大きな犬は高札場の奥の暗がりに駆け去った。

平八郎は、日本橋川を覗いた。

松太郎が水飛沫をあげてもがき、流されていくのが見えた。

松太郎は泳げない……。

平八郎は焦《あせ》った。

木戸番や自身番の者たちが駆け付けて来た。

「人が川に落ちた。舟を頼む」

平八郎は、駆け付けて来る者たちに怒鳴り、刀を腰から外し、松太郎を追って日本橋川に身を躍らせた。

二

茶問屋『一香堂』は慌ただしさに包まれた。

平八郎と自身番の者は、溺れて意識を失った松太郎を岸に引き上げて水を吐かせた。

松太郎は、水を吐いて苦しげに呻《うめ》いた。

助かった……。

平八郎と自身番の者は、気を失っている松太郎を茶問屋『一香堂』に運んだ。

主の仁左衛門とお清は、戸板に乗せられて帰って来た松太郎に驚いて腰を抜かした。

「心配ない。日本橋川に落ちただけです」

平八郎は、仁左衛門とお清を落ち着かせ、住み込みの手代を医者を呼びに走らせた。

仁左衛門とお清は、松太郎の濡れた着物を脱《ぬ》がせて蒲団に寝かせた。

「松太郎、しっかりしておくれ、松太郎……」

お清は、松太郎に縋《すが》り付いて泣き出した。

平八郎は、女中が用意してくれた着物に着替え、熱い茶をすすった。熱い茶は冷えきった身体に染み渡り、強張《こわば》りを緩《ゆる》やかに解いてくれた。

「矢吹さま、事情は自身番の方に聞きました。松太郎は子供の頃、犬に噛まれたことがありましてね。以来、犬を……」

仁左衛門は眉をひそめた。

「怖がるようになりましたか……」

平八郎は、犬に吠えられた時の松太郎の怯《おび》えぶりを思い出した。

「はい。いろいろありがとうございました」

仁左衛門は、平八郎に深々と頭を下げた。

「いや。仕事をしたまでだ。礼には及びませんよ」

平八郎は笑った。

「いいえ。それではすみません。お礼は落ち着いてからゆっくりとさせていただきます。で、他に何か入用な物はございますか」

「うむ。出来るものなら熱い酒を一杯いただけますか」

「それはそれは気付かぬことで。すぐにお持ち致します」

仁左衛門は立ち去った。

遠くから犬の遠吠えが聞こえた。

犬……。

平八郎は、松太郎を襲った犬を思い浮かべた。

あの大きな犬は野良犬なのか……。

平八郎は、松太郎が日本橋川に落ちた直後、微かに聞こえた指笛の音を思い出した。

犬の鼻と耳は人間より優れている。

犬は、何者かの指笛で操られているのかもしれない。

そうだとしたなら、松太郎は何者かに狙われていることになり、これまでの三度の災いも仕組まれたものといえるのかも知れない。

松太郎に取り憑いた死に神は確かにいるのだ。それも、松太郎が犬を怖がるのを知っている死に神がいる。

面白い……。

平八郎は、不敵な笑みを浮かべた。

大川の流れは日差しに煌めいていた。

駒形堂《こまがたどう》傍の老舗鰻屋《うなぎや》『駒形鰻』からは、鰻の蒲焼の美味《うま》そうな香りが漂っていた。

平八郎は、喉を鳴らして『駒形鰻』の暖簾を潜った。

「いらっしゃいませ」

小女《こおんな》のおかよが威勢良く迎えた。

「やあ。おかよちゃん」

「平八郎さま……」

「伊佐吉《いさきち》親分、いるかな」

「はい。平八郎さまがおみえだとお報《しら》せして来ます」

「うん。頼む」

おかよは、張り切って店の奥に急いだ。

老舗鰻屋『駒形堂』の若旦那の伊佐吉は、祖父の代からの岡っ引で平八郎と昵懇《じっこん》の仲だった。

「あら、平八郎さん、いらっしゃい」

伊佐吉の母親で『駒形鰻』の女将のおとよが板場から出て来た。

平八郎は、涎《よだれ》を垂らさんばかりに喜んだ。

「そいつはありがたい」

「そうですか。じゃあ、後で蒲焼を運ばせますよ」

「今、おかよちゃんが……」

「伊佐吉には……」

「ご無沙汰しました」


伊佐吉は、平八郎の話を黙って聞き終えた。

「どう思う……」

平八郎は、伊佐吉の反応を窺った。

「どうもこうも。平八郎さん、この世に死に神なんかいやしませんぜ」

伊佐吉は呆れた。

「ってことは、偶々《たまたま》災難が続いているか……」

「いえ。平八郎さんの仰る通り、誰かが死に神になって糸を引いているんですぜ」

伊佐吉は苦笑した。

「親分もそう思うか」

「ええ……」

「となると、死に神は松太郎の犬嫌いや一香堂に詳しい奴かな……」

「きっと。結構、身近にいる奴ですぜ」

伊佐吉は睨んだ。

「うん」

平八郎は頷いた。

「日本橋の茶問屋一香堂ですか……」

「ああ。大名旗本御用達《ごようたし》の金看板を何枚も掲げている老舗だ」

「名前はあっしも聞いていますぜ」

伊佐吉は頷いた。

「それで、若旦那の松太郎、今日はどうしているんです」

「昨夜の今日で、出掛けないとは思うが。ま、出掛けるにしてもおそらく昼からだ」

「となると、一香堂を調べている暇はありませんね」

「うん……」

平八郎は眉をひそめた。

「分かりました。じゃあ、一香堂は長《ちょう》さんに調べて貰いましょう」

「そうして貰えると助かる」

平八郎は嬉しげに笑った。

長次《ちょうじ》は、伊佐吉の父親の代からの下っ引であり、その老練な人柄は平八郎も頼りにしていた。

平八郎は、長次に助っ人を頼むことにした。

鰻の蒲焼の美味そうな匂いが、足音と一緒に近づいて来た。

「おっ……」

平八郎は、嬉しげに鼻を鳴らした。

伊佐吉は苦笑した。

「若旦那……」

足音が止まり、障子の外から蒲焼の匂いとおかよの声がした。

「おう。只今、只今……」

平八郎は、障子を開けに身軽に立った。

茶問屋『一香堂』は繁盛《はんじょう》していた。

主の仁左衛門は、店を番頭の彦造に任せて、出入りを許されている大身旗本家にご機嫌伺いに行っていた。

平八郎は、若旦那の松太郎がいるのを確かめて斜向かいの蕎麦屋に入った。そして、せいろ蕎麦と徳利を一本頼み、窓から見張り始めた。

四半刻（約三十分）が過ぎた頃、長次がやって来た。

「やあ……」

平八郎は、長次を迎えて新しい猪口を貰った。

「御免なすって……」

長次は、平八郎の前に座った。

「冷えてしまったけど……」

平八郎は、新しい猪口を長次に差し出して冷えた酒を満たした。

「畏《おそ》れ入ります」

長次は、冷えた酒を律儀《りちぎ》に飲んだ。

「わざわざすみません」

「死に神の件は親分から聞きました。一香堂は引き受けましたよ」

「よろしく頼みます」

「他に何か気が付いたことはありませんか」

「ちょいと気になったんですが、若旦那の松太郎は一人っ子でしてね。もし、松太郎の身に何かあったら、一香堂の身代《しんだい》、誰が継ぐのかと……」

平八郎は眉をひそめた。

「成る程。そうなると、死に神が欲しがっているものは、若旦那の松太郎の命じゃあなくて、一香堂の身代ってことになりますか」

長次の眼が鋭く光った。

「ありえるということです」

「分かっています」

長次は微笑《ほほえ》んだ。

若旦那の松太郎が、茶問屋『一香堂』から出て来た。

「長次さん……」

平八郎が示した。

「あれが死に神に取り憑かれた若旦那ですか」

「ええ……」

番頭の彦造が、松太郎を追って『一香堂』から出て来た。そして、松太郎の袖を取って何事かを懸命に頼んだ。だが、松太郎は、煩《わずら》わしげに彦造の手を振り払って出掛けて行った。彦造は哀しげに見送った。

若旦那の松太郎は、昨夜死に損なったにも拘《かか》わらず、今日も出掛けた。

「懲《こ》りない野郎だ」

平八郎は、苦笑して立ち上がった。

「じゃあ、長次さん」

「はい。お気を付けて……」

長次は頷いた。

「親父、お代、ここに置くぞ」

平八郎は、松太郎を追って蕎麦屋を出た。


日本橋の通りは賑わっている。

若旦那の松太郎は、怯えや警戒する様子も見せず、軽い足取りで日本橋に向かって行く。

平八郎は追った。

松太郎は、意外に度胸があるのか、それとも鈍《にぶ》過ぎるのか……。

平八郎は苦笑した。

松太郎は、行き合わせた町駕籠《まちかご》を雇って乗った。

何処《どこ》に行くのか知らないが、若い癖に……。

平八郎は呆れた。

松太郎を乗せた町駕籠は、日本橋を渡って神田に向かった。

駕籠の尾行は容易《たやす》い。

平八郎は町駕籠を追った。

松太郎を乗せた町駕籠は、日本橋の通りを抜けて神田川に架かる昌平橋を渡った。

そして、明神下の通りを下谷《したや》に急いだ。

何処に行く……。

平八郎は追った。


下谷広小路は、上野寛永寺《うえのかんえいじ》の参拝客や不忍池に遊びに来た人で賑わっていた。

松太郎を乗せた町駕籠は、上野北大門町《きただいもんちょう》の裏通りで停まった。

平八郎は物陰から見守った。

町駕籠から降りた松太郎は、駕籠舁《かき》に酒手を渡して裏通りを進んだ。そして、昼間から暖簾を掲げている居酒屋に入った。

平八郎は見届けた。


茶問屋『一香堂』の身代は五千両以上と噂されていた。

長次は、日本橋通り三丁目の自身番を訪れ、それとなく『一香堂』の評判を訊いた。

『一香堂』は老舗の茶問屋として落ち着いた商売をしており、主の仁左衛門と番頭の彦造たち奉公人の評判も良かった。

嫉《ねた》みや恨みを買っている様子はない……。

長次は、『一香堂』の周辺を慎重に調べた。

主の仁左衛門には八歳年下の弟が一人おり、『一香堂』の暖簾分けをして貰っていた。弟は庄次郎《しょうじろう》という名であり、店は両国《りょうごく》にあった。

万が一、松太郎の身に何かがあった時には、仁左衛門の跡を継ぐのは弟の庄次郎になる。

長次は、両国に店を構える弟の庄次郎を調べることにした。

北大門町の裏通りの居酒屋は、仕事にあぶれて酒を飲む日雇い人足や遊び人で一杯だった。

平八郎は、戸口の近くで茶碗酒を啜りながら松太郎を窺った。

松太郎は、中年の遊び人や人足たちに囲まれて楽しげに酒を飲んでいた。

中年の遊び人は、松太郎を〝若旦那の中の若旦那〟〝日本一の若旦那〟などとおだてていた。松太郎は、楽しそうに笑いながら酒を振舞っていた。

中年の遊び人の狙いは、松太郎の持っている金に過ぎない。

松太郎は、それに気付いているのか……。

平八郎は、新しい酒を頼んだ。

店の男衆が、一升徳利を持って来て平八郎の空になった湯呑茶碗に酒を満たした。

平八郎は酒代を払い、素早く心付けを握らせた。

「随分と羽振りのいい若旦那だが、良く来るのかい」

「時々……」

男衆は、心付けを握り締めた。

「何処の若旦那かな」

「日本橋の大店の若旦那だそうですよ」

「あの遊び人は……」

平八郎は、松太郎をおだてあげている中年の遊び人を示した。

「幇間《たいこもち》の八五郎《はちごろう》って半端な親父ですよ」

男衆は、顔と言葉に侮《あなど》りと嘲《あざけ》りを滲《にじ》ませた。

幇間の八五郎……。

平八郎は苦笑した。

寛永寺の鐘が暮六つを告げた。


入谷鬼子母神《いりやきしぼじん》の境内の木々は、夜風に葉音を鳴らしていた。

松太郎と八五郎は、鬼子母神の近くにある正元寺《せいがんじ》の裏門を潜って家作に入った。家作の出入口には若い男がいた。

賭場……。

正元寺の家作は賭場であり、若い男は見張りの博奕打ちなのだ。

松太郎は、八五郎に案内されて賭場に出入りをしている。

どうせ鴨《かも》にされているのだ……。

平八郎は、家作の出入口に佇んでいる若い男に近づいた。

賭場は男たちの熱気に満ち溢れていた。

松太郎は、盆茣蓙《ぼんござ》の端に座って駒を張っていた。

平八郎は見守った。

松太郎は勝っていた。

丁の目に張れば賽《さい》の目は丁となり、半と張れば半になる。

松太郎は、賑やかに一人勝ちを続け、八五郎は戸惑いを隠せないでいた。客たちは囁き合い、胴元や壺振りの眼は険しくなっていた。

思わぬ展開だ……。

平八郎は眉をひそめた。

松太郎は、一人勝ちに遠慮なく喜び、子供のようにはしゃいでいる。このままでは博奕打ちたちの怒りを買い、勝った金を奪われて袋叩きにされる。

平八郎は懸念した。

八五郎の戸惑いは、おそらく平八郎の懸念と同じなのだ。

松太郎の博奕の勝ち運は、死に神を呼び込んでいるのかもしれない……。

平八郎は、胴元たち博奕打ちの様子を窺った。

賭場には、松太郎の笑い声と険悪な雰囲気が溢れた。

突然、戸口で男たちの怒声があがり、見張りの若い衆が盆茣蓙の上に突き飛ばされて倒れ込んだ。

「賭場荒しだぁ」

博奕打ちたちの怒声が交錯し、客の悲鳴があがった。

敵対する博奕打ちたちが殴り込んで来たのだ。

燭台が蹴倒され、駒が飛び散り、博奕打ちたちは激突した。

闇に包まれた賭場は、怒声と悲鳴、そして小判の飛び散る音が響いて激しく揺れた。

松太郎と八五郎は、他の客たちと逃げ惑っていた。そして、松太郎は、匕首《あいくち》を振り廻している博奕打ちにぶつかった。

「野郎」

博奕打ちは、反射的に松太郎に匕首を向けた。刹那、平八郎は博奕打ちを蹴飛ばし、立ち竦んでいる松太郎を連れて出入口に走った。八五郎が、闘いに巻き込まれて悲鳴をあげた。平八郎は、博奕打ちたちを殴り蹴倒し、松太郎を連れて賭場を出た。

賭場荒しは続いていた。

鬼子母神の境内は静寂《せいじやく》に包まれていた。

松太郎は、本堂の 階《きざはし》 に座り込んで全身で激しく息をついていた。

平八郎は困惑した。

賭場荒しは偶然の出来事のはずだ。しかし、松太郎は争いに巻き込まれ、危うく命を落とし掛けた。

偶然とはいえ、松太郎は昨夜に続いて今夜も危ない目に遭った。

死に神に取り憑かれている……。

平八郎は不意にそう思った。

まさか。冗談じゃない……。

平八郎は慌てて打ち消した。

松太郎の乱れた息は治まって来ていた。

「大丈夫か……」

平八郎は眉をひそめた。

「は、はい……」

松太郎は、喉を震わせて嗄《か》れた声で返事をした。

「よし。じゃあ、神田川まで送ってやろう。早く家に帰るんだな」

平八郎は告《つ》げた。

「はい。ありがとうございます」

松太郎は、恐ろしげに辺りを見廻して、平八郎の背に寄り添わんばかりに歩き出した。

正元寺は夜の闇に沈んでいた。

御成《おなり》街道の左右に並ぶ大名屋敷は寝静まっていた。

平八郎と松太郎は、下谷広小路から神田川に急いだ。神田川に出た平八郎は昌平橋に向かった。

「あの……」

松太郎は、怯えを滲ませて立ち止まった。

「どうした」

平八郎は、怪訝に振り向いた。

「はい。出来るものなら和泉橋《いずみばし》を……」

松太郎も流石に昌平橋は恐れていた。

「そうか。じゃあ、和泉橋に行こう」

平八郎は密かに苦笑した。

「あの……」

松太郎は、遠慮がちに平八郎を窺った。

「なんだ……」

「手前の家は日本橋なのですが、送ってはいただけませんでしょうか。お礼はお望み通りにお支払い致しますので……」

松太郎は、泣き出さんばかりの面持《おもも》ちで深々と頭を下げた。

別れたところで、『一香堂』に無事に帰り着くのを見届けるつもりだった。

「いいだろう」

平八郎は頷いた。

「ありがとうございます」

松太郎は、満面に安堵《あんど》を浮かべた。

平八郎は苦笑し、松太郎を伴って和泉橋を渡った。

蒼白い月が神田川の流れに揺れていた。

神田明神門前町の居酒屋『花や』は、看板の時が近づいて客は少なかった。

「いらっしゃい」

平八郎は、女将のおりんに迎えられた。

「やあ……」

「遅かったのね。お待ちかねですよ」

おりんは、店の奥にいる長次を示した。

平八郎は、おりんに酒と肴《さかな》を頼んで長次の前に座った。

「何かありましたかい……」

長次は、勘の鋭いところをみせた。

「ええ……」

平八郎は、賭場荒し騒動に巻き込まれた松太郎を助け、茶問屋『一香堂』まで送って来たことを告げた。

「ほう。じゃあ、今夜も危ない目に遭いましたか」

長次は、戸惑いを滲ませた。

「ええ。で、長次さんの方は……」

平八郎は手酌で酒を飲んだ。

「そいつなんですがね。一香堂の旦那には庄次郎って弟がいましてね」

長次は、暖簾分けをして貰い、両国で店を構えている弟の庄次郎を調べたことを告げた。

「で、どんな奴なんですか、弟の庄次郎……」

「そいつが、中々の野郎ですよ」

長次は苦笑した。

「中々の野郎ですか……」

平八郎は眉をひそめた。

『花や』の客は帰り、いつの間にか平八郎と長次の二人だけになっていた。

三

日本橋川を行く荷船は、櫓《ろ》の軋《きし》みを長閑《のどか》に響かせていた。

平八郎は、日本橋を渡って茶問屋『一香堂』に向かっていた。

続き過ぎる……。

松太郎は、危ない目に遭い続けた。

辻斬り、大川で溺れ、石段からの転落、日本橋の袂での犬、賭場荒し……。

その中には、賭場荒しに巻き込まれたような偶然もあるが、犬が吠え掛かった時の指笛のように、誰かが仕組んだと思えるものもあるのだ。

いずれにしろ、松太郎は狙われているのに違いない。

平八郎は確信した。

「となりゃあ、恨みか一香堂の身代狙いか」

長次は眉をひそめた。

「恨まれているかどうかは、本人に聞いてみるしかないかな」

平八郎は首を捻った。

「ええ。本人の知らないところで恨まれたり、逆恨みってのもありますからね。いろいろ聞いてみなきゃあなりませんぜ」

長次は苦笑した。

「そうですね……」

平八郎は、松太郎を見守っているだけではなく、直《じか》に話を聞くことに決めた。そして、仁左衛門の弟の庄次郎を調べている長次と別れた。

茶問屋『一香堂』は、番頭の彦造たち奉公人が忙しく働いていた。

平八郎は、主の仁左衛門とお内儀のお清に事情を話した。

恨まれ、命を狙われているかも知れない……。

仁左衛門とお清は驚いた。

「恨まれているなんて、うちの松太郎に限って……」

お清は激しくうろたえた。

「お清……」

仁左衛門はお清を窘《たしな》め、何もかも平八郎に任せた。

平八郎は、松太郎を呼んで貰った。

松太郎は、寝ていたのか髷を歪《ゆが》ませたまま現れた。

「やあ……」

平八郎は笑い掛けた。

「えっ……」

松太郎は戸惑った。

「どうした」

「あの、お侍さまは確か昨夜の……」

「うん。矢吹平八郎だ。まあ、座りなさい」

「は、はあ……」

松太郎は、怪訝な面持ちで仁左衛門とお清を見た。

「松太郎、矢吹さまには、お前に取り憑いた死に神を調べて戴いているんですよ」

お清は、まるで幼い子供に云い聞かせるように云った。

「松太郎、日本橋川に落ちた時も賭場でも矢吹さまがいてくれたお蔭で助かったんです。早い話が矢吹さまはお前の命の恩人。訊かれたことは何でも答えなさい」

仁左衛門は松太郎に命じた。

「はい……」

「それじゃあ旦那、お内儀さん……」

平八郎は促した。

「はい。それではよろしくお願いします。お清……」

仁左衛門は、お清と一緒に座敷から出て行った。

親がいない方が話し易い……。

平八郎は、仁左衛門とお清に座を外すように頼んであった。

中庭から微風が流れ込んだ。

松太郎は、小さな吐息を洩らした。

「松太郎さん、恨まれている覚えはないかな」

平八郎は、世間話をするかのように笑顔で尋ねた。

「恨まれているって、私がですか……」

松太郎は眉をひそめた。

「ええ。誰かが恨み、死に神の真似をしているかもしれない」

「そんな……」

松太郎は、顔を強張らせた。

「もし身に覚えがあるのなら、正直に云って貰いたい。そうしなければ、本当の死に神に取り憑かれてしまうぞ」

「そう云われても……」

松太郎は、困ったように眉を曇らせた。

「身に覚えはないか……」

「はい。正直に云って、私は金離れの良い方でして、今まで周りにいた者はみんな喜んで付き合ってくれているはずでして、恨まれているなんて……」

松太郎は、大店の若旦那らしく鷹揚《おうよう》な金遣いをし、周囲にいる者に喜ばれているのだ。

「恨まれちゃあいないか……」

「はい。そう思います」

「女はどうだ」

「女ですか……」

松太郎は、嬉しげな笑みを浮かべた。

「ああ……」

「私は、女郎や芸者なんかの商売女、金で片の付く相手が専《もっぱ》らでしてね。恨まれるなんて後腐れ、ありゃあしませんよ」

「妾稼業の年増もそうか……」

「えっ……」

松太郎は僅《わず》かに怯んだ。

「囲っていた呉服屋の隠居が怒り、化けて出るってこともあるぞ」

平八郎は脅した。

「そんな……」

松太郎は怯えた。怯えは、妾稼業のおてるをいつの間にか探り出している平八郎に対するものだった。

「まあ、いい。じゃあ、逆恨みを買っているような覚えはどうだ」

「逆恨み……」

松太郎は、深刻な面持ちになった。


半刻が過ぎた。

松太郎には、恨まれたり逆恨みをされる心当たりはなかった。

「そうか。ところで妾稼業のおてるとはどうして知り合ったんだ」

「おてるは、八五郎が引き合わせてくれました」

「八五郎ってのは、昨夜一緒に賭場に行った遊び人だな」

「はい……」

松太郎は、八五郎におてるを引き合わされていた。

「八五郎には、いろいろ世話になっているようだな」

「そりゃあもう……」

松太郎の博奕や女遊びの背後には、中年の遊び人の八五郎がいるのだ。

「八五郎の素姓《すじょう》、分かっているのか」

「素姓ですか……」

松太郎は、八五郎と飲み屋で知り合っており、詳しい素姓は知らなかった。

八五郎を調べる必要がある……。

平八郎の意識の中に、遊び人の八五郎がゆっくりと浮かび上がった。


両国広小路は見世物小屋や露店が並び、人で賑わっていた。

茶問屋『一香堂』の主・仁左衛門の弟の庄次郎の店は、『両国一香堂』という屋号で広小路の外れの米沢町《よねざわちょう》三丁目にあった。

長次は、露店の七味唐辛子売りを手伝いながら『両国一香堂』を見張った。

『両国一香堂』は、広小路の賑わいに押されて余り繁盛していなかった。

日本橋の『一香堂』と比べると、店構えも売上げも格段の差があった。

庄次郎は酒に酔うと、兄の仁左衛門への不満を口にしていた。そして、高価な茶碗や茶筅《ちゃせん》などの茶道具も商《あきな》い、茶と同じぐらいの売上げをあげて店を支えていた。兄の仁左衛門は、そんな庄次郎から『両国一香堂』の暖簾代として売上金の一部を上納させていた。

庄次郎は、暖簾分けの元手を出してくれた兄の仁左衛門に黙って従っていた。

俺は、どうしてこんな苦労をしなければならないのだ……。

庄次郎は、次男に生まれた己の不運を嘆いた。

『一香堂』は、やがて馬鹿旦那の松太郎のものになる……。

庄次郎の嘆きは、松太郎に取り憑いた死に神を招いたのかもしれない。

長次は見張った。

昼が過ぎ、『両国一香堂』から庄次郎が現れ、奉公人たちに見送られて出掛けた。

「邪魔したな」

長次は、七味唐辛子売りに小粒を握らせて庄次郎を追った。

庄次郎は、広小路の人込みを横切って両国橋に向かって行く。

大川に架かる両国橋を渡れば、本所《ほんじょ》・深川《ふかがわ》になる。

行き先は本所か深川……。

長次は、両国橋を渡って行く庄次郎を尾行した。


隅田川《すみだがわ》は大きくうねりながら流れていた。

平八郎は、浅草今戸町《あさくさいまどちょう》の片隅にある裏長屋に向かった。今戸町には、隅田川からの川風が吹き抜けていた。

平八郎は、松太郎から幇間の八五郎の家の場所を聞き、今戸町の裏長屋にやって来た。

八五郎の家は裏長屋の奥にあった。

平八郎は、裏長屋の付近の酒屋や飯屋などにそれとなく聞き込みを掛けた。

八五郎の評判は、良くも悪くもなかった。

松太郎の金を当てにした調子の良い取り巻き……。

平八郎は、八五郎をそう見定め、裏長屋の木戸を潜った。


平八郎は、八五郎の家の腰高障子を叩いた。

「誰だい。開いているぜ」

家の中から男の声がした。

平八郎は、腰高障子を開けて中に入った。

薄暗く狭い家には酒の臭いが籠もっており、八五郎が粗末な蒲団に寝ていた。

「やあ……」

「なんだい、お侍さん……」

八五郎は起き上がろうとし、小さな呻きを洩らして顔をしかめた。顔には殴られた痣《あざ》が残り、腕や脇腹に膏薬《こうやく》が貼られていた。それは、賭場荒しの騒ぎに巻き込まれた痕《あと》だった。

　平八郎は苦笑した。

　八五郎は眉を怒らせた。

「誰だって訊いてんだろう」

「ま、いきり立つな。俺は矢吹平八郎って者だ。八五郎だな」

「ああ……」

　八五郎は、平八郎に警戒の眼差しを向けた。

「お前、一香堂の松太郎をいろいろ連れ廻しているらしいな」

　平八郎は、凄味を利《き》かせた薄笑いを浮かべ、八五郎を見据えた。

　八五郎は、息を飲んで不安を過《よぎ》らせた。

「そうだな」

「それが、どうかしたかい……」

　八五郎は、平八郎に探る眼差しを向けた。

「松太郎、恨みを買ってはいないか……」

「恨み？」

「うん。恨みだ」

「若旦那が恨まれるなんてことはねえよ」

「逆恨みはどうだ」

「そいつも聞いたことはねえ」

「本当だな」

「お侍。若旦那、誰かに恨まれているのか」

八五郎は眉をひそめた。

「辻斬りに襲われたり、大川に落ちたのは聞いているだろう」

「ああ……」

八五郎は喉を鳴らし、真剣な面持ちで頷いた。

「昨夜も賭場荒しに巻き込まれたのは良く知っているだろう」

平八郎は苦笑した。

「ああ……」

八五郎は、怯えた面持ちで頷いた。

「お前も巻き込まれて怪我をしたようだが、下手をすれば命を落としたかもしれない」

八五郎は、賭場荒しに巻き込まれた時を思い出したのか、恐ろしげに身震いした。

「その他にも命を落としそうになってな」

「じゃあお侍、そいつが若旦那を恨んでいる奴の仕業《しわざ》だと……」

「かもしれないと思ってな」

「ですが、あっしは知りませんぜ。若旦那を恨んでいる奴なんて……」

「そうか……」

「へい」

八五郎は、松太郎を恨んでいる者を知らない。平八郎は確信した。

「ところで八五郎、お前とおてる、どういう関わりなんだ」

平八郎は話題を変えた。

「おてる……」

八五郎は戸惑いをみせた。

「小舟町の妾稼業の年増だ」

「はあ……」

八五郎の戸惑いは続いた。

松太郎が、八五郎に引き合わされたというのは思い違いだったのか。

「お前が松太郎に引き合わせたと聞いたが」

「ああ。あの年増ですか……」

八五郎は思い出した。

「知り合いじゃあないのか……」

「はあ。あれは頼まれましてね」

「頼まれた……」

平八郎は眉をひそめた。

「ええ。若旦那に引き合わせてやってくれと頼まれたんです」

「誰にだ」

「はあ。大店の旦那です」

「何処の旦那だ」

「確か紀国屋文左衛門《きのくにやぶんざえもん》とか……」

「紀国屋文左衛門……」

平八郎は呆れた。

「ええ。おてるですか、あの年増を松太郎に引き合わせてやってくれと、一両くれましてね。それで若旦那に引き合わせたんですぜ」

「八五郎、紀国屋文左衛門ってのは公儀御用達の紀州《きしゅう》の豪商で、とっくの昔に死んだ奴だ。それに、年増を松太郎に引き合わせるような真似はしない」

平八郎は苦笑した。

「えっ、そうなんですかい」

八五郎の驚きに嘘は感じられなかった。

いずれにしろ、偽名を使って松太郎とおてるを引き合わせた大店の旦那がいるのだ。

そいつが誰かだ……。

平八郎は、松太郎に取り憑いた死に神が僅かに姿を見せたのを感じた。

本所竪川《たてかわ》は中川《なかがわ》に続く掘割であり、醬油《しょうゆ》や野菜を積んだ荷船が行き交っていた。

両国橋を渡った庄次郎は、竪川沿いの道を東に進んだ。

長次は尾行した。

庄次郎は、竪川に架かる二《ふた》ツ目之橋《めのはし》の袂を曲がり、公儀の材木蔵の傍の亀沢町《かめざわちょう》に入った。

長次は慎重に尾行を続けた。

庄次郎は、亀沢町を進んで剣術の町道場に入った。

長次は見届けた。『直心流《じきしん》・武勇館《ぶゆうかん》』の看板を掲げた町道場は、木刀の打ち合う音や男たちの気合も聞こえず静かだった。

直心流武勇館……。

長次は道場を窺った。

道場の周囲には雑草が生え、活気を感じさせなかった。

長次は、『直心流・武勇館』がどのような剣術道場なのか聞き込んだ。

『直心流・武勇館』は、まともな剣術道場ではなく、浪人たちの溜まり場になっていた。

浪人たちは朝から酒を飲み、道場では時々賭場が開かれると、評判は悪かった。

庄次郎は、そんな『直心流・武勇館』に何をしに来たのか……。

長次は、庄次郎が出て来るのを待った。

西堀留川に架かる中《なか》ノ橋を渡ると小舟町一丁目になり、妾稼業のおてるが暮らす仕舞屋がある。

八五郎を通じて松太郎とおてるを引き合わせた〝紀国屋文左衛門〟の正体と狙いは何なのか……。

平八郎は思いを巡らせた。

〃紀国屋文左衛門〃と名乗る大店の旦那風の男は、どうしておてるを松太郎に引き合わせたのか……。

平八郎は、おてるの暮らす仕舞屋を見張った。

仕舞屋には、棒手振りの魚売りと御用聞き以外に訪れる者はいなかった。そして、おてると婆やの出掛ける気配もなかった。

平八郎は見張り続けた。

四

本所回向院《えこういん》から暮六つの鐘が鳴り響いた。

夕陽は沈み、亀沢町は逢魔時《おうまがとき》の薄暗さに覆われた。

『直心流・武勇館』から庄次郎と剣客風の浪人が出て来た。

ようやく出て来た……。

長次は、思わず吐息を洩らした。

庄次郎と浪人は、亀沢町から竪川に向かって行く。

長次は、暗がり伝いに尾行を開始した。

庄次郎と一緒にいる浪人は、松太郎を襲った辻斬りなのかもしれない。

長次は、様々な場合を考えた。

もし、その考えが正しいなら、庄次郎に頼まれたことになる。そして、松太郎に取り憑いた死に神は庄次郎となる。

夜の竪川には、行き交う舟の灯《あか》りが映えていた。

庄次郎と浪人は、竪川に架かる二ツ目之橋を渡って林町《はやしちょう》一丁目に入った。

長次は慎重に追った。

庄次郎と浪人は、林町一丁目の町並みを深川方面に抜けた。

五間堀《ごけんぼり》、小名木川《おなぎがわ》、仙台堀《せんだいぼり》……。

庄次郎と浪人は、掘割を次々と渡って深川への夜道を進んだ。

仙台堀に架かる海辺橋《うみべばし》を渡ると、左手に数軒の寺が山門を並べていた。

庄次郎と浪人は、その中の小さな寺の山門を潜って境内に入った。

長次は、山門に駆け寄って境内を覗き、庄次郎と浪人が庫裏《くり》に入って行くのを見届けた。

何処かで犬が吠えた。

おてるの家は静かなままだった。

平八郎は見張りを続けていた。

西堀留川に架かる中ノ橋に提灯《ちょうちん》の灯りが浮かんだ。

平八郎は見守った。

提灯の灯りは、中ノ橋を渡っておてるの家に近づいて来た。提灯の灯りに浮かんだのは、羽織を着た中年の大店の旦那風の男だった。

平八郎は、暗がりに身を潜めた。

大店の旦那風の男は、おてるの家の前に立ち止まって辺りを見廻した。そして、平八郎に気付かずにおてるの家に入った。

おてるを囲っている旦那……。

平八郎は睨んだ。


「本岳寺《ほんがくじ》……」

長次は、向かい側の万年町《まんねんちょう》二丁目の自身番を訪れ、詰めている番人に寺のことを尋ねた。

「ええ……」

本岳寺には、住職の応海《おうかい》と寺男の善八《ぜんはち》が住んでいた。

「檀家も少ない貧乏寺ですが、本岳寺がどうかしたんですかい」

番人は、興味深げな眼を向けた。

「まあな……」

長次は苦笑した。

「やっぱりね……」

番人は、一人合点《がてん》して頷いた。

「何かあるのかい」

長次は眉をひそめた。

「そりゃあもう親分、小さな貧乏寺の癖《くせ》に大きな番犬を飼っていましてね」

「番犬……」

長次は、犬が吠えたのを思い出した。

「ええ……」

「寺に番犬ってのも珍しいな」

「ここだけの話ですがね、親分。本岳寺の応海和尚《おしょう》、裏じゃあ金貸しをしているって専《もっぱ》らの噂でしてね」

番人は声を潜めた。

「へえ、金貸しか……」

「ええ。番犬はその用心だそうですぜ」

「成る程な……」

たとえ金貸しが噂に過ぎなくても、『本岳寺』の住職の応海は胡散《うさん》臭い。

長次は、己の勘の囁きに苦笑した。


半刻が過ぎ、仕舞屋から旦那とおてるが出て来た。

平八郎は戸惑った。

旦那が、囲っている妾の家から帰るには早過ぎる。

平八郎は見守った。

旦那は、おてるに見送られて中ノ橋に向かった。平八郎は、おてるが家に入ったのを見届けて旦那を追った。

旦那は提灯を揺らし、日本橋の通りに出て神田川の方に向かっていた。

平八郎は尾行した。

旦那の提灯の灯りは、日本橋と神田の境とされる神田堀を越えて、今川橋《いまがわばし》跡を鎌倉《かまくら》河岸《がし》に向かって行く。

平八郎は走った。


鎌倉河岸は月明かりに揺れていた。

旦那は鎌倉河岸を進み、外れにある三河町《みかわちょう》一丁目の裏通りに入った。そして、裏通りにある長屋の木戸を潜った。

長屋の家々からは、温かい灯りとおかみさんや子供の笑い声が洩れていた。

旦那は、長屋の奥にある暗い家に入った。そして、暗い家に小さな火が灯された。

平八郎は、少なからず驚いた。

旦那は、三河町の裏通りにある長屋に住んでいるのだ。それは、おてるの旦那が〝旦那〟じゃないと云うことなのだ。そして、暗い家に火を灯したのは、一緒に暮らしている者がいない証《あかし》でもあった。

何者なのだ……。

平八郎に新たな疑問が湧いた。

『本岳寺』の番犬が吠えた。

長次は、暗がりから『本岳寺』の庫裏を見つめた。

庫裏から庄次郎と浪人が出て来た。

浪人は、庫裏の横手に入った。途端に犬の嬉しげな鳴き声が聞こえた。

犬は浪人に懐《なつ》いている……。

長次は、松太郎が日本橋の袂で犬に襲われて日本橋川に落ち、平八郎に助けられた話を思い出した。

松太郎に犬をけしかけたのは、浪人なのかも知れない。

犬をあやす浪人の声が洩れた。

「行きますよ、小坂《こさか》さん」

庄次郎が浪人を促した。

「おう。じゃあな」

小坂と呼ばれた浪人は、犬に別れを告げて庫裏の横の暗がりから現れ、庄次郎と共に山門に向かった。

犬の淋しげな鳴き声が夜空に響いた。

庄次郎と浪人の小坂は、仙台堀を渡って来た道を戻り始めた。
庄次郎と小坂は、『本岳寺』に何の用があって訪れたのか……。
長次は気になった。
庄次郎と小坂は、小名木川から五間堀を戻り、竪川傍の大きな居酒屋の暖簾を潜った。
長次は続いて居酒屋に入った。
居酒屋は、酒の匂いと客の笑い声が溢れていた。

鎌倉河岸の朝は、人足たちが艀《はしけ》から忙しく荷揚をしていた。
平八郎は、その脇を通り抜けて三河町一丁目の裏通りの長屋に向かった。
長屋の井戸端は、洗い物をするおかみさんたちで賑やかだった。
平八郎は木戸に潜み、旦那の家を見張った。
旦那はまだ寝ているのか、奥の家は静まっていた。
長屋は何処も同じだ……。
旦那は、おかみさんたちと顔を合わせるのを嫌っているのかもしれない。
平八郎は、己の経験からそう思った。

いずれにしろ、旦那の名前と素姓を割り出さなければならない。大家や自身番に尋ねるのが手っ取り早いが、素浪人の平八郎には難しいことだった。

どうやって突き止めるか……。

平八郎は考えた。

遠くから団子売りの声が聞こえた。


「やあ……」

平八郎は、井戸端で洗濯をしているおかみさんたちに声を掛けた。

おかみさんたちは、お喋りを止めて胡散臭げに平八郎を見た。

「松五郎《まつごろう》さんの家は何処かな」

平八郎は微笑み、構わず訊いた。

「松五郎……」

おかみさんたちは、怪訝に顔を見合わせた。

「うん。この長屋の奥の家に住んでいると聞いて来たんだがな」

「いませんよ。松五郎なんて人は……」

年嵩《としかさ》のおかみさんが眉をひそめた。

「いない。奥の家って聞いたんだがな……」

平八郎は困惑してみせた。

「ええ。奥の家に住んでいるのは宇兵衛《うへえ》さんですよ」

中年のおかみさんが、昨夜旦那が入った家を一瞥《いちべつ》した。

「宇兵衛さん……」

旦那の名前は宇兵衛……。

平八郎は聞き出した。

「ああ、松五郎さんじゃあないよ」

おかみさんは、平八郎を気の毒そうに見た。

「そうか、違うのか……。折角、土産《みやげ》に買って来た団子だが、無駄になったな。おかみさん、良かったら皆で食べてくれないか……」

平八郎は、懐から竹の皮に包んだ団子を差し出した。

「あら、良いのかい」

年嵩のおかみさんが顔をほころばせた。

「うん。松五郎さんがいないのなら仕方がないさ」

「そうかい。すまないね。皆、戴こうよ」

おかみさんたちは団子に群がった。

「ところでその宇兵衛さん、仕事は何をしているんだい」

「そこの鎌倉河岸で荷揚人足をしているよ」

中年のおかみさんが、濡れた手を前掛けで拭いて団子を食べ始めた。

「荷揚人足……」

平八郎は少なからず驚いた。

「ええ。昔はお店の若旦那だったそうですけどね」

「お店の若旦那か……」

「そう。確か茶の葉の商いをしていたって聞いたことがあるよ」

「茶の葉の商い……」

平八郎は思わず眉をひそめた。

宇兵衛の家は、『一香堂』同様に茶の葉の商いをしていた。

「その店、どうしたのかな……」

「良く知らないけど、十年以上も前、騙《かた》りに遭って潰れたって話だよ」

「そいつは気の毒に……」

団子の効果は大きかった。

「帰って来たよ」

若いおかみさんが木戸を示した。

手拭《てぬぐい》で頬被りをした中年の人足が、木戸を潜って長屋に入って来た。中年の人足は、昨夜おてるの家を訪れた旦那であり、宇兵衛だった。

「おはよう」

宇兵衛は俯《うつむ》き加減に朝の挨拶《あいさつ》をし、足早に奥の家に向かった。おかみさんたちが口々に挨拶をした。

「今朝はもう店仕舞いかい」

「ああ……」

宇兵衛は振り返り、平八郎を一瞥して奥の家に入った。

「あの人が宇兵衛さんだよ」

年嵩のおかみさんが囁いた。

「うん」

「松五郎って人じゃあないだろう」

「ああ。別人だ」

平八郎は、宇兵衛の顔を見届けた。

おてるの家に来た旦那は、荷揚人足の宇兵衛という名であり、元は茶の葉を売る店の若旦那だった。

宇兵衛は、本当におてるを妾として囲っているのか……。

平八郎は戸惑った。


両国広小路の賑わいは相変わらずだった。

長次は、露店の七味唐辛子売りを手伝いながら『両国一香堂』を見張っていた。

平八郎が『両国一香堂』を窺いながら現れ、誰かを探すように辺りを見廻した。

「ちょいと外すぜ」

長次は、七味唐辛子売りに断り、物陰にいる平八郎の許に急いだ。

「平八郎さん……」

「やあ……」

平八郎は笑みを浮かべた。

「美味い蕎麦屋がありますよ」

長次は、平八郎が何かを相談しに来たと読み、『両国一香堂』の見える蕎麦屋に案内した。

窓の外に見える『両国一香堂』に客は少なかった。

「客、少ないですね」

平八郎は酒を啜った。

「ええ。広小路の賑わいに取られていますからね。で、どうかしましたか……」

長次は手酌で酒を飲んだ。

「ええ。おてるの処に……」

平八郎は、おてるを囲っている旦那と思われた男が荷揚人足の宇兵衛と云う男だったと告げた。

「荷揚人足の宇兵衛ですか……」

長次は戸惑いを浮かべた。

「ええ。元は茶問屋の若旦那でしてね。もっとも茶問屋は十年以上も前、騙りに遭って潰れたそうですが……」

「茶問屋の若旦那……」

長次は眉をひそめた。

「ええ。どう思います」

平八郎は、長次の猪口に酒を満たした。

「こいつはどうも……」

長次は酒を啜った。

「平八郎さん、そいつは一香堂の旦那に訊いてみるんですね」

「そうか……」

「仁左衛門の旦那、きっと知っていますよ」

長次の眼が鋭く輝いた。

「うん……」

平八郎は頷いた。

ひょっとしたら宇兵衛の実家の茶問屋が潰れた騙りに、『一香堂』の仁左衛門が何らかの形で絡んでいるのかもしれない。

長次はそう読んでいる……。

平八郎は酒を啜った。

「ところで長次さん、庄次郎の方はどうです」

「そいつなんですがね……」

長次は猪口の酒を飲み干し、本所の『直心流・武勇館』にいる浪人の小坂と深川本岳寺に赴《おもむ》いたのを教えた。

「直心流の武勇館ですか……」

「ええ。ご存知ですか」

「いいえ。直心流は知っていますが、武勇館って道場は初めて聞きました」

平八郎は、少なからず興味を抱いた。

直心流は、神谷真光《かみやさねみつ》という剣客が作った流派である。

「そうそう、深川の本岳寺には番犬がいましてね」

長次は小さく笑った。

「番犬……」

「ええ。浪人の小坂に随分懐いているようですぜ」

「成る程……」

辻斬り……。

犬を操る……。

その辺に関しては、浪人の小坂が庄次郎に頼まれてやったこととも思える。だが、松太郎が大川で溺れ、長い石段を転げ落ちたのは、小坂の仕業には思えない。そして、おてると宇兵衛は関わりないのか……。

平八郎の疑念は増大するばかりだった。

「平八郎さん、ひょっとしたら松太郎の若旦那に取り憑いた死に神、一人じゃあないのかも知れませんぜ」

長次は意外なことを云い出した。

「一人じゃあない……」

平八郎は戸惑った。

「ええ。庄次郎と小坂、おてると宇兵衛。いろいろ考えられますよ」

長次は睨んでみせた。

「もし、死に神が二人いたら松太郎もたまったもんじゃあないな」

平八郎は苦笑した。

「ええ……」

長次は、微かな嘲りを滲ませた。

「長次さん、とにかく私は、一香堂の旦那に宇兵衛のことを訊いてみます」

平八郎と長次は打ち合わせを終え、せいろ蕎麦を啜って別れた。

日本橋の茶問屋『一香堂』は客で賑わっていた。

平八郎は、番頭の彦造に松太郎の様子を尋ねた。

「はい。若旦那さま、昨日も今日も一歩もお出掛けにならず、大人しくしていらっしゃいます」

彦造は嬉しげに告げた。

「そうですか……」

流石の松太郎も、賭場荒しの怒号と白刃の飛び交う闘いに巻き込まれて懲りたのか、自粛《じしゅく》をしたようだ。

平八郎は苦笑し、座敷で仁左衛門の来るのを待った。


「それで、松太郎に取り憑いた死に神の正体、分かりましたか」

仁左衛門は、挨拶もそこそこに平八郎に尋ねた。

「そいつなんですが、旦那。十年以上も前に騙りに遭って潰れた茶問屋、知らないですかな」

「十年以上前に騙りに遭って潰れた茶問屋ですか……」

仁左衛門は眉をひそめた。

「ええ。宇兵衛という若旦那がいた店です」

「宇兵衛……」

仁左衛門の顔に狼狽《ろうばい》が過った。

平八郎は、仁左衛門の狼狽を見逃さなかった。

「知っているようですね」

「矢吹さま、死に神は宇兵衛なのですか……」

仁左衛門の顔に不安が満ちた。

「そいつはまだ分からないが、宇兵衛の実家の茶問屋、どんな騙りに遭って潰れたのか教えて下さい」

「は、はい……」

仁左衛門は、額に薄く汗を滲ませ、話すのを躊躇った。

「旦那……」

平八郎は、厳しい面持ちで促した。

「はい。あれは十二年前でしたか……」

仁左衛門は、俯き加減で話し始めた。

# 五

十二年前、茶問屋『一香堂』に、駿河《するが》の茶問屋が格安の茶の葉を売り込んで来た。しかし、仁左衛門は断り、親しく付き合っていた下谷の茶問屋『和泉屋《いずみや》』に口を利いた。

『和泉屋』は、仁左衛門の口利きを信じ、格安の茶の葉を買う約束をし、身代を叩《はた》いて金を払い込んだ。しかし、駿河の茶問屋から送られた来た茶の葉は、売り物にならない酷い物だった。『和泉屋』の旦那は慌てて駿河の茶問屋に問い合わせた。だが、駿河の茶問屋の主は、金を持って姿を消していた。身代を叩いた茶問屋『和泉屋』の旦那は、売り物にならない茶の葉を摑まされたまま金策に走った。旦那は、駿河の茶問屋との間を取り持った仁左衛門にも借金を申し込んだ。

「で、金を貸してやったのですか……」

「和泉屋さんは、私がお金を都合したところで手遅れでしたので……」

「貸さなかったのですか」

「はい……」

仁左衛門は俯いたまま頷いた。

「で、和泉屋の旦那、どうしたんですか」

「行方《ゆくえ》知れずになりました……」

「そうですか……」

平八郎は眉をひそめた。

下谷の茶問屋『和泉屋』は、金策が出来ずに潰れて一家離散した。若旦那の宇兵衛は二十三、四歳ほどだった。あれから十二年、宇兵衛は三十五、六歳になったはずだ。

荷揚人足の宇兵衛は、潰れた茶問屋『和泉屋』の若旦那に間違いなかった。

「矢吹さま、和泉屋の宇兵衛が、松太郎に取り憑いている死に神なのでしょうか……」

仁左衛門は満面に不安を広げた。

「かもしれないと云うことです」

「そうですか……」

仁左衛門は恐ろしげに身震いをした。

商人がみすみす損をすると分かっていて金を出すことはありえない。仁左衛門が金を貸さなかったのを責める筋合いはない。だが、口を利いた道義的責任はある。仁左衛門が恨まれているとしたらそこなのだ。

宇兵衛はその恨みを若旦那の松太郎に向け、死に神として取り憑いたのかもしれない。

「いずれにしろ、若旦那をもうしばらく外に出してはなりません」

「はい。心得ております」

仁左衛門は頷いた。

平八郎は、仁左衛門に弟の庄次郎のことは教えなかった。

教える前に確かめなければならないことがある……。

平八郎は、茶問屋『一香堂』の裏口から外に出た。そして、店の表を窺った。

店の表には人が忙しく行き交い、不審な者が潜んでいる気配はなかった。

平八郎は、本所亀沢町の剣術道場『直心流・武勇館』に急いだ。

本所亀沢町『直心流・武勇館』は、門弟たちの出入りもなく静かだった。

平八郎は、道場を見廻して眉をひそめた。

表と庭、そして道場の建物自体、手入れも掃除もされていなく荒れていた。

剣術道場ではない……。

平八郎は、己が通う駿河台《するがだい》の神道無念流の道場『撃剣館』と比べた。剣術道場は、剣を学ぶ者の命を懸けた修行の場だ。平八郎たち門弟は、『撃剣館』の掃除と手入れを欠かさなかった。

『武勇館』はすでに剣術道場ではなく、無頼《ぶらい》の浪人たちの溜まり場になっている……。

平八郎はそう睨んだ。

「頼もう」

平八郎は、玄関で道場の中に声を掛けた。だが、道場から返事はなかった。

「頼もう。誰もいませんか、頼もう」

平八郎は大声で呼び掛けた。

奥で板戸を開ける音がし、道場を横切る足音を鳴らして髭面《ひげづら》の浪人が現れた。

「やあ……」

平八郎は笑い掛けた。

「何だ、おぬしは……」

酒臭い息が漂った。

「こちらに小坂どのと申される方がいると伺い、逢いに参った」

平八郎はそう云い、勝手に道場にあがった。

「待て。あがっていいとは云っていないぞ」

髭面の浪人が慌てて平八郎に追い縋った。

「小坂どの、小坂どのはおいでになるかな」

平八郎は構わず叫んだ。

奥から三人の浪人が出て来た。

「何だ、お前は……」

前にいる二人の浪人たちは、酒臭い息を吐いた。

「小坂どのはどちらかな……」

二人の浪人が背後にいる浪人を振り返った。

後ろにいた浪人が進み出た。

「小坂源十郎《げんじゅうろう》は俺だが、おぬしは……」

浪人は小坂だった。

「私は矢吹平八郎と申しまして……」

平八郎は、小坂に微笑み掛けた。

「道場破りなら俺が相手をしてやる」

髭面の浪人が遮《さえぎ》るように怒鳴り、木刀を二本取ってその一本を平八郎に放った。

木刀は乾いた音を甲高く鳴らし、平八郎の足許に転がった。

「さあ、来い」

髭面の浪人は木刀を構えた。

「小坂どの……」

平八郎は困惑した。

「矢吹とか云ったな。ま、立ち合ってみるんだな」

小坂は、嘲笑を浮かべて上段の間の見所に座り、二人の浪人が板壁の前に控えた。

どうやら『武勇館』は、小坂が取り仕切っているようだ。

仕方がない……。

平八郎は、足許の木刀を拾って素振りをくれた。空を切る音が道場に短く響いた。

小坂は、僅かに眉をひそめた。

髭面の浪人は、獣の咆哮《ほうこう》のような気合をあげ、平八郎に猛然と打ち込んできた。

平八郎は、髭面の浪人の打ち込みを僅かに身体を開いて躱《かわ》し、木刀を無造作に打ち下ろした。木刀は、髭面の浪人の肩を軽く打ち据えていた。

小坂の顔が強張った。

「これまでですね」

平八郎は、髭面の浪人に笑い掛けた。

「浅い。まだまだだ」

髭面の浪人は怒鳴り、平八郎に木刀で殴り掛かった。平八郎は木刀を鋭く打ち払った。髭面の浪人は弾き飛ばされ、羽目板に激突して気を失った。

「おのれ」

控えていた二人の浪人が、刀を抜いて平八郎に斬り付けてきた。

平八郎は、二人の浪人の刀を見切って躱し、木刀を閃《ひらめ》かせた。一人の浪人の刀が天井に飛ばされ、もう一人の浪人の刀が床に叩き落とされた。一瞬の出来事だった。

二人の浪人は呆然と立ち竦んだ。

「まだやりますか」

平八郎は、息を乱さず笑い掛けた。

「もう充分だ」

小坂は、怯えを滲ませた顔で告げた。

「そうですか……」

平八郎は、物足らない様子で苦笑した。

「奥に連れて行って手当てをしてやれ」

小坂は、二人の浪人に気絶している髭面の浪人を奥に運んで行かせた。

「さて、俺に何の用かな」

「両国一香堂の庄次郎は何を企《たくら》んでいる」

平八郎は鎌を掛けた。

「なに……」

小坂は僅かにうろたえた。

「おぬしが庄次郎に頼まれ、辻斬りに見せ掛けて日本橋一香堂の松太郎を襲ったのは分かっているんだ」

平八郎は、小坂が僅かにうろたえたのを見逃さず、厳しく押した。

「日本橋で松太郎に深川の寺の番犬をけしかけたのもおぬしだな」

「知らぬ……」

小坂は、そう云いながら平八郎に抜き打ちの一太刀を放った。

平八郎は飛び上がって躱し、鋭く木刀を打ち下ろした。木刀は小坂の刀を握る腕に音もなく食い込んだ。小坂は激痛に顔を歪め、刀を落とした。乾いた金属音が鳴った。

小坂は打ち据えられた右腕をだらりと下げ、満面に脂汗を滲ませた。

神聖な剣術道場を汚す奴らに容赦《ようしゃ》はいらない……。

「何なら左腕の骨も折ってやってもいいぞ」

平八郎は怒りを過らせた。

「そ、それには及ばん……」

小坂は声を嗄《か》らした。

「ならば、一香堂の松太郎を襲ったのを認めるな」

「ああ。庄次郎に頼まれて昌平橋で襲い、日本橋で犬をけしかけた」

小坂は白状した。

「向島で大川に落としたり、愛宕山の石段から突き落としたのもおぬしだろう」

「違う。俺はそんな真似はしちゃあいない」

小坂は、右腕を骨折したせいで震え始めた。

「本当か……」

「ああ、本当だ。信用してくれ」

小坂の震えは激しくなり、苦しげに顔を歪めた。

ここまで来て嘘はつかない……。

平八郎は、小坂の言葉を信じた。

「庄次郎は何故、松太郎の命を狙う」

「日本橋の一香堂の身代を狙っているからだ」

「それで邪魔な若旦那の松太郎を殺そうとしているのだな」

「ああ……」

小坂は、苦しさに絞り出すような声で頷いた。

睨み通りの企《くわだ》てだ。

「昨夜、庄次郎と何しに深川の寺に行った」

小坂は、平八郎が何もかも知っているのに驚いた。そして、すでに探索の手が廻っているのに気付いた。

「庄次郎が金を借りたいと云ったので、連れて行って口を利いてやった」

「本岳寺の住職、やはり裏で金貸しをしているのか」

「ああ。俺たちが貸した金の取り立てを請け負っている」

小坂たち浪人は、深川本岳寺の住職応海から借金の取立屋に雇われていた。

知りたいことは分かった。

平八郎は、木刀を木刀架けに戻した。

「辻斬りの件は南町《みなみまち》奉行所も動いている。これ以上下手な真似をすると、己の首を絞めるだけだ。庄次郎にも教えてやるんだな」

「分かった……」

小坂は、息を荒く鳴らして項垂れた。

「邪魔をした」

平八郎は、『直心流・武勇館』を後にした。

平八郎は、不意に哀《あわ》れみを覚えた。

気の毒に……。

哀れみは、小坂たち浪人に対するものではなく、荒れた剣術道場に対するものだった。

平八郎は両国橋に急いだ。


「やはり睨み通りでしたか……」

長次は笑った。

「ええ。ですが、分からないのは向島で大川に落ちたのと、愛宕山の石段を転げ落ちた件です」

平八郎は首を捻った。

「そいつは別の死に神の仕業か、それとも偶々《たまたま》か……」

長次は眉をひそめた。

「いずれにしろ死に神の一件、まだ終わっちゃあいないか……」

平八郎は睨んだ。

「あっしもそんな気がします」

長次は、緊張した面持ちで頷いた。

平八郎は長次と相談し、自分たちが調べられているのを知った庄次郎がどう出るか見守ることにした。


翌朝、茶問屋『一香堂』の番頭彦造が、血相を変えて明神下のお地蔵長屋に駆け込んで来た。

「若旦那の身に何かありましたか……」

平八郎の眠気は吹き飛んだ。

「ま、あったといえばあったのですが、今までとは違うのでございます」

「今までと違う……」

平八郎は眉をひそめた。

「はい。とにかくお店に来て戴きたいと主が申しておりまして……」

彦造は恐縮した。

「分かりました」

平八郎は、井戸端で賑やかに洗い物をしているおかみさんたちに断り、急いで顔を洗った。


日本橋の茶問屋『一香堂』には、沈鬱《ちんうつ》な気配が漂っていた。

平八郎は、彦造に伴われて母屋の座敷に入った。

座敷には仁左衛門とお清、そして項垂れた松太郎がいた。

「矢吹さま……」

仁左衛門は、平八郎に縋る眼差しを向けた。

「どうしたんです」

松太郎が死に神の餌食《えじき》にされた様子はない。

平八郎は戸惑った。

「実は昨夜遅く幸之助《こうのすけ》という方がおいでになり、妹が松太郎の子を身籠《みごも》ったと……」

仁左衛門は吐息混じりに告げた。

「若旦那の子を身籠った……」

平八郎は驚いた。

「はい……」

仁左衛門は、疲れ果てたように頷いた。

「妹って何処の誰です」

「小舟町のおてると申す女だそうです」

「おてる……」

妾稼業のおてるだ。

「若旦那、心当たりはあるんだな」

平八郎は念を押した。

「は、はい……」

松太郎は、身を縮めて項垂れた。

「だが、本当に身籠ったかどうかは……」

平八郎は首を捻った。

「それが幸之助さん、確かに身籠っているとの産婆の証文を持って来たんですよ」

仁左衛門は項垂れた。

「じゃあ、身籠ったのに間違いはないか……」

「きっと。なあ……」

「はい……」

お清は、同意を求められて頷いた。

「年増に貢《みつ》いだ挙句《あげく》、子を身籠らせるとは情けない……」

仁左衛門は呆れ果てた。

「馬鹿ですよ。馬鹿なんですよ……」

お清は涙ぐみ、我が子松太郎を罵《ののし》った。

「それで、幸之助って人はどう云っているんです」

「それが、詳しい事は今日の昼過ぎ、おてるを連れて来ると云いまして……」

「おてるを……」

「はい……」

兄の幸之助とは何者なのだ。

平八郎の脳裏に宇兵衛の顔が過った。

宇兵衛とおてるは関わりがある……。

幸之助とは宇兵衛なのかも知れない。

平八郎は睨んだ。

「それで、どうしたら良いかと思い、おいで戴いた次第にございます」

「分かりました……」

平八郎は、昼過ぎに来るおてると兄の幸之助に逢うことにした。

昼過ぎまで時はある。

平八郎は、昼前には戻ると告げて浅草駒形に走った。


浅草駒形の老舗鰻屋『駒形鰻』は、昼前の仕込みに忙しかった。

平八郎は、岡っ引の伊佐吉に事の次第を告げた。

「どう思う……」

「平八郎さんの見立て通り、おてるの兄貴の幸之助ってのは、宇兵衛でしょうね」

「親分もそう思うか」

「ええ。間違いないでしょう。ですが、本当に兄貴かどうか……」

伊佐吉は眉をひそめた。

「そいつが分からない……」

「調べる必要がありますね」

「うん。それにしても、おてるに子が出来たと云って来た狙いは何かな」

「そりゃあ金ですよ」

伊佐吉は苦笑した。

「金……」

「ええ。松太郎の子を産めば、一香堂の身代は思いのまま。もし、産まないでくれと頼むのなら、それなりの金を寄越せ、ですよ」

「どちらにしても金か……」

平八郎は呆れた。

「出来るものなら一香堂を金づるにしたいって魂胆でしょう」

「狙いは松太郎の命じゃあなくて、一香堂を金づるにすることか……」

「死に神より面倒な疫病神《やくびょうがみ》に取り憑かれるってわけですよ」

「まったくだな」

平八郎は頷いた。

「分かりました。長さんに三河町の宇兵衛を見張って貰い、本当におてるの兄貴かどうかは、あっしが調べてみます」

「そうしてくれるか」

「ええ、任せて下さい」

伊佐吉は、下っ引の亀吉《かめきち》を長次の家に走らせた。

平八郎は、伊佐吉と打ち合わせをして日本橋の茶問屋『一香堂』に戻った。


三河町の裏長屋は、おかみさんたちの洗濯も終わって静けさに包まれていた。

奥の家の戸が開き、宇兵衛が顔を出して辺りの様子を窺った。そして、おかみさんたちがいないのを確かめ、羽織の裾を翻《ひるがえ》して足早に長屋の木戸を出て行った。

宇兵衛は羽織を着ており、一見してお店の旦那に見えた。

木戸に潜んでいた長次は感心し、宇兵衛の後を追った。

宇兵衛は、裏通りから神田堀に出て小舟町に向かった。

おてるの家に行く……。

長次はそう睨み、宇兵衛を追った。


茶問屋『一香堂』は緊張感に満ち溢れていた。

番頭の彦造は、おてると宇兵衛を奥の座敷に案内した。

後を付けて来た長次は、『一香堂』の勝手口に廻って平八郎を呼び出した。

「来ましたよ、幸之助」

平八郎が奥から出て来た。

「やはり、宇兵衛が幸之助でしたか……」

長次は苦笑した。

「ええ。じゃあ、こっちに……」

平八郎は、長次を連れて『一香堂』の母屋に向かった。


『一香堂』の主の仁左衛門は、お内儀のお清と松太郎を連れて座敷に入った。

座敷には、宇兵衛とおてるが待っていた。

「これはこれは、幸之助さん……」

仁左衛門は、宇兵衛を幸之助と呼んだ。

「旦那さま、手前の妹のおてるにございます」

宇兵衛は、仁左衛門とお清におてるを引き合わせた。おてるは、俯いたまま深々と頭を下げた。

「松太郎の父の仁左衛門です」

仁左衛門は、おてるに探るような眼を向けた。

「母のお清にございます」

お清は、おてるを睨み付けて頭を下げた。

「それで若旦那。おてるが身籠った子、ご自分の子だとお認めになりますね」

宇兵衛は松太郎に笑い掛けた。

「それは……」

松太郎は躊躇い、救いを求めるように仁左衛門を見た。

「幸之助さん、おてるさんには旦那がいると聞きましたが……」

仁左衛門が眉をひそめた。

「おてるの旦那は一年前に病で亡くなりましてね。腹の子の父親は若旦那の子以外にはいないと。そうだな、おてる……」

「はい……」

おてるは頷き、艶《つや》っぽい眼差しで松太郎を一瞥した。

松太郎は思わず笑みを浮かべた。

「そいつはどうかな……」

平八郎が、開け放たれた障子の向こうに現れた。

宇兵衛の顔に戸惑いと険しさが交錯した。

「仁左衛門さま、こちらのお侍さまは……」

「矢吹平八郎さまにございます」

「その矢吹さまがどうして……」

宇兵衛は眉をひそめ、おてるは微かな怯えを過らせた。

「幸之助、おてるはお前の妹なんかじゃあなくて女だそうじゃあないか……」

平八郎は笑った。

宇兵衛とおてるは狼狽した。

「ご、ご冗談を……」

「そうかな。十二年前に潰れた和泉屋には、倅《せがれ》はいても娘はいなかったよ」

平八郎は断言した。

「矢吹さま、和泉屋と申されますと……」

「十二年前に潰れた下谷の茶問屋の和泉屋ですよ」

「では……」

仁左衛門は顔を強張らせた。

「幸之助はその和泉屋の若旦那です。そうだな宇兵衛」

平八郎は、宇兵衛に笑い掛けた。

宇兵衛は、悔しげに平八郎を睨み付けた。

「宇兵衛、狙いは金だな」

平八郎は、宇兵衛を見据えた。

宇兵衛は顔を醜《みにく》く歪めた。

「それでは矢吹さま、おてるさんが松太郎の子を身籠ったというのは……」

「出鱈目《でたらめ》、嘘ですよ」

「嘘……」

仁左衛門は呆然と呟いた。

「どういうことだ。おてる……」

松太郎は、喜びと落胆に混乱した。

お清は、安心したのか啜り泣いた。

「おてるが身籠ったのが嘘だって証、あるのかい」

宇兵衛は開き直った。

「産婆に金を握らせ、おてるが身籠ったって証文を書かせたのは分かっているよ」

「あんた……」

おてるは激しくうろたえた。

「煩《うる》せえ。黙ってろ」

宇兵衛は焦りを滲ませた。

「俺の実家は仁左衛門のせいで潰れ、親父は行方知れずになり、一家離散の憂《う》き目に遭った。だから今度は、俺が一香堂に取り憑いて食い物にする。それの何が悪いんだ」

宇兵衛は、完全に開き直って怒鳴った。

「落ち着け、宇兵衛」

平八郎は厳しく一喝した。

宇兵衛は息を飲んだ。

「これだけのことを素浪人の俺が一人で探り出せると思うか……」

平八郎は、静かに語り掛けた。

宇兵衛は、平八郎の言葉の意味に思いを巡らせた。そして、平八郎の背後に町方の役人がいるのに気付いた。

「まさか……」

宇兵衛に怯えが満ち溢れた。

「そのまさかだ。さあ、引き上げるなら今の内だ」

平八郎は告げた。

風が庭から吹き抜けた。


平八郎は、仁左衛門から約束の給金を貰って茶問屋『一香堂』を出た。

宇兵衛とおてるは、あれからすぐに退散した。

平八郎は、長次や伊佐吉と相談して敢《あ》えて事件にせず、事を穏便《おんびん》に済ませた。

長次と伊佐吉が姿を見せなかったのは、事を穏便に済ませる為だった。

仁左衛門は感謝した。

事件になれば、世間の笑い物になった挙句、十二年も昔のことをいろいろ詮索される。罪科は問われなくても、道義的な評判は悪くなる。

平八郎たちが穏便に済ませたのは、仁左衛門にとって願ったり叶ったりだった。

仁左衛門は、約束の給金の他に礼として一両を包んでくれた。

『一香堂』の表に長次が待っていた。

「お待たせしました。親分と亀吉は……」

「駒形鰻で待っていると、先に帰りましたよ」

伊佐吉は、亀吉と手分けをして証文を書いた産婆を探し、潰れた茶問屋『和泉屋』の家族を調べてくれた。

「そうですか。じゃあ行きましょう」

平八郎と長次は、伊佐吉の実家の鰻屋『駒形鰻』のある浅草駒形に向かった。

「死に神騒ぎ、これで終わりですか」

「ええ……」

仁左衛門の弟の庄次郎は、真相が知れるのを恐れて怯える毎日を過ごすだろう。

「それにしても、辻斬りと犬の件は分かりますが、大川で溺れ死に掛けたのと愛宕山の石段から落ちたのはどうなんですかね」

「辻斬りの後です。旦那とお内儀さんが大袈裟に考え過ぎたのかもしれません」

「そんなところですかね……」

「でも、いるかもしれませんね、死に神……」

平八郎は笑った。

「いますかね」

長次は戸惑った。

「疫病神に貧乏神、いろいろいますよ」

「八百万《やおよろず》の神ですか……」

「ええ。人の心にはいろいろな神が棲《す》んでいますからね」

人は理解できないことを神のせいにする……。

それは人が生きて行く為の知恵なのだ。

「若旦那の松太郎、これに懲りて少しは大人しくなるでしょう」

「さあて、雀百まで踊り忘れず、です。その内また、虫が騒ぎ出しますよ」

長次は鼻の先で笑った。

「そうかもしれませんね……」

平八郎は苦笑した。

人は懲りない生き物だ……。

平八郎と長次は、日本橋川に架かっている日本橋を渡った。

日本橋川を荷船が行き交っていた。

荷船の舳先に散る水飛沫は、日差しに眩しく煌めいた。

# 第二話　敵《かたき》持ち

一

大和《やまと》国竜田《たつた》藩五万二千石の江戸上屋敷は静けさに包まれていた。

口入屋『萬屋』の万吉と矢吹平八郎は、玄関脇の入口から用部屋に通された。

「おお、万吉。お連れしてくれたか……」

白髪の肥《ふと》った老武士が、万吉と平八郎を迎えた。

「はい。こちらが神道無念流の達人、矢吹平八郎さまにございます」

万吉は、老武士に平八郎を引き合わせた。

「うむ。矢吹どの、拙者《せっしゃ》は竜田藩江戸留守居役の大高五郎兵衛《おおたかごろべえ》にござる」

大高五郎兵衛と名乗った老武士は、小さな髷の白髪頭を下げた。

「矢吹平八郎です」

「うむ……」

大高は、まるで値踏みでもするかのような厳しい眼で平八郎を見廻した。

「おぬし、着痩せをする質《たち》なのかな」

大高は思わぬことを云い出した。

「はあ……」

平八郎は戸惑った。

「岡田十松《おかだじゆうまつ》先生の撃剣館で厳しい修行をされている剣客と聞きましてな。その何というかがっしりとしていると申すか、さも、強いぞというか……」

大高は、武芸者然とした剣客を期待していたのだ。

「大高さま、そこが平八郎さんの奥ゆかしいところにございまして。やる時はやりますのでご懸念《けねん》なく……」

万吉は、平八郎を売り込んだ。

平八郎は苦笑した。

「うむ。過日、死に神を退治したのは聞いたが。そうか、おぬしが矢吹平八郎どのか……」

「あの、大高さま……」

万吉は、さりげなく催促《さいそく》をした。

「おお。お願い致す」

大高は頷いた。

「はあ……」

平八郎は、仕事の内容をまだ聞いてはいなかった。

「では、一日一朱で……」

一朱は十六分の一両だ。

万吉は、高い給金を要求した。

「それはないぞ、万吉。何日掛かるか分からぬ仕事だ」

「何を仰います。天下の竜田藩の江戸お留守居役の大高さまが……」

万吉は、笑顔を見せて引き下がらなかった。

「しかしだな、万吉……」

大高は白髪眉をひそめた。

「大高さま、平八郎さんは、萬屋随一の腕利き。引く手あまたでございます。それをこうして……」

「あの……」

平八郎は、遠慮がちに口を挟んだ。

「ねえ、平八郎さん……」

万吉は、それを無視して平八郎に同意を求めた。

「そいつは、どんな仕事かによってですよ」

平八郎は、憮然とした面持ちで告げた。

「あれ……」

万吉は戸惑った。

「私は何をすれば良いのだ」

平八郎は尋ねた。

「聞いていないのですか……」

万吉は眉をひそめた。

「云っていないだろう」

平八郎は呆れた。

「えっ……」

万吉は戸惑った。

「私は何の仕事か、まだ聞いてはいない」

「そうか。それは失礼しました」

万吉は、平八郎にどんな仕事なのか告げていないのを思い出した。

「万吉、おぬし、どんな仕事か云わずにお連れしたのか……」

「はあ。どうやらそのようで……」

平八郎は、一緒に笑うしかなかった。

「まったくで……」

万吉は狸面《たぬきづら》を崩し、大高は太鼓腹を揺らして笑った。

「迂闊な男だな」


竜田藩江戸留守居役大高五郎兵衛は、仕事の内容を話し始めた。

「五年前、我が竜田の国元で藩士同士の刃傷沙汰《にんじょうざた》がありましてな。斬られて死んだのが近習役《きんじゅ》の村井信一郎《むらいしんいちろう》。斬ったのは黒沢兵衛《くろさわひょうえ》と申す徒士組。それで、黒沢は妻を伴って国元から逐電《ちくでん》し、激怒された殿は村井の弟の孝次郎《こうじろう》を討手として放った……」

「仇討《あだうち》ですか……」

平八郎は眉をひそめた。

「左様。孝次郎は黒沢兵衛を追って諸国を巡り、五年が過ぎてな。家中の者が江戸で仇の黒沢兵衛を見つけ、上方《かみがた》にいた村井孝次郎を呼び寄せたのだ」

「それは祝着《しゅうちゃく》……」

「ところが祝着ではないのだ」

大高は、白髪眉をひそめて吐息を洩らした。

「どうかしたのですか……」

平八郎に不吉な予感が過《よぎ》った。

「うむ。孝次郎が怪我をしたのだ」

「何と不運な……」

平八郎は、孝次郎に同情した。

「うむ。だが、幸いなことに孝次郎の怪我は十日もすれば治るものでな」

討手は、仇討本懐を遂《と》げない限り藩に帰参は叶《かな》わず、江戸屋敷などの出入りも自由には出来ない。だが、村井孝次郎は殿さまのお声掛かりであり、出入りを許されていた。そして、村井孝次郎は江戸上屋敷の侍長屋で怪我の養生《ようじょう》をしていた。

「で、その間、矢吹どのには黒沢兵衛を見張って欲しいのだ」

「仇の見張りですか」

「左様。黒沢兵衛は直新影流《じきしんかげ》の使い手。なまじの者では務《つと》まらぬ。それで、心利いた剣の使い手で江戸に詳しい者の周旋を万吉に頼んだわけだ」

「心利いた剣の使い手で江戸に詳しい者となると、この広い江戸でも平八郎さんの他には滅多におりませんよ」

万吉は珍しく持ち上げた。

「そうかぁ……」

平八郎は、万吉の言葉を素直に受け取れなかった。

汐見坂《しおみざか》の下には、日差しに眩しく煌めく溜池《ためいけ》が広がっていた。

平八郎は、駿河台の竜田藩江戸上屋敷を出て万吉と別れ、その足で溜池の傍に住んでいる黒沢兵衛の家に向かった。

日本橋の通りを進んで汐留川《しおどめがわ》に架かる新橋《しんばし》を渡り、大名《だいみょう》小路を抜けて汐見坂に出た。

平八郎は汐見坂を下り、溜池の傍にある真福寺《しんふくじ》に向かった。

真福寺は古くて小さく、狭い境内では近所の子供たちが賑やかに遊んでいた。

平八郎は本堂の裏を窺った。

本堂の裏には小さな家作があり、洗濯物が微風に揺れていた。

村井信一郎を斬って大和国竜田藩を逐電した黒沢兵衛は、妻の初音《はつね》を連れて諸国を逃げ廻った。そして、一年ほど前、真福寺の家作に落ち着いていた。

討手の村井孝次郎は、五年の追跡を経て黒沢兵衛と初音の居場所をようやく知った。しかし、不運にも怪我をして仇討を決行するのに至らず今日まできていた。

家作から質素な身なりの若い女が出て来た。

細面の若い女は、黒沢兵衛の妻の初音に違いなかった。

初音は、家の中に声を掛けずに真福寺の裏門に向かった。

黒沢兵衛は家にはいない……。

平八郎はそう睨んだ。

夫の黒沢兵衛がいるなら、初音は家の中に声を掛けて出掛けるはずだ。

平八郎は初音を追った。

溜池には赤坂御門《あかさかごもん》があり、池沿いに赤坂田町《たまち》の一丁目から五丁目の町並みが連《つら》なっている。

初音は、赤坂田町五丁目にある八百屋や魚屋などで僅かな買物をした。

黒沢兵衛と初音夫婦は、買った品物から見て質素で慎《つつ》ましい暮らしをしているようだ。

平八郎は見守った。

初音は買物を終え、真福寺の家作に戻った。そして、庭に出て洗濯物を取り込んだ。その間、初音はおろか誰の声も聞こえなかった。

黒沢兵衛はまだ帰っていない……。

平八郎は、そう判断して境内に戻った。

夕暮れ間近の境内に遊ぶ子供たちはすでにいなく、落ち葉を燃やす焚火の煙がゆっくりと立ち昇っていた。

平八郎は、落ち葉を燃やしている初老の寺男に近づいた。

「夕暮れ間近の寺は長閑だな……」

平八郎は、初老の寺男に声を掛けた。

「はあ……」

初老の寺男は、平八郎に警戒する眼差しを向けた。

「この辺りには、家作を貸している寺も多いのだろうな」

「ええ……」

初老の寺男の警戒は続いた。平八郎は構わず話し掛けた。

「私は長屋住まいだが、静かな寺の家作で暮らすのもいいな」

「そうですかね……」

「で、私の住んでいる長屋は月六百文の店賃だが、寺の家作は幾らぐらいなのかな」

平八郎は、声を潜めて親しげに訊いた。

初老の寺男は苦笑した。

「さあ、そいつは寺や家作によって違うでしょうが、うちの家作もそんなものですよ」

初老の寺男は、ようやく警戒を解いたようだった。

「ほう。真福寺にも家作があるのか……」

平八郎は惚《とぼ》けた。

「ええ。ですが、ご浪人さん夫婦がもう一年も前から住んでいましてね。出る様子はありませんよ」

「そうか。静かにのんびりと暮らしているんだろうな」

平八郎は羨《うらや》ましげに告げた。

「そりゃあもう、仲の良いご夫婦でしてね。お二人とも穏やかでお優しい方にございますよ」

「それはそれは。静かな寺の家作がそうさせるのかな」

平八郎は微かに戸惑った。

黒沢兵衛と初音夫婦に、仇として討手に追われ、人眼を忍んで逃げ廻っている様子は感じられなかった。

「そのご浪人、何の仕事をされているのかな」

「剣術の町道場の師範代や大店の子に学問を教えに行ったりしていますよ」

「ほう……」

黒沢兵衛は、剣術の他に学問にも造詣《ぞうけい》が深いようだ。

平八郎は、考えていた黒沢像が僅かずつ崩れて行くのを感じ始めた。


暮六つ（午後六時）が過ぎ、真福寺は夕闇に包まれた。

平八郎は、裏庭に潜んで家作を見張った。

家作には小さな火が灯され、味噌汁の美味《うま》そうな香りが漂ってきていた。

裏門から人足姿の男が入って来た。

黒沢兵衛か……。

平八郎は気配を消し、植え込みの陰から見守った。

人足姿の男は、裏庭の井戸端に行って被っていた頬被りを外し、着物を脱いだ。

髷は武士のものであり、その身体は剣術で鍛え上げられたものであった。

かなりの剣の使い手……。

平八郎の剣客としての本能が囁いた。

黒沢兵衛は、町道場の師範代や学問を教える傍ら、日雇いの人足働きもしているのだ。

「お帰りなさいませ」

家作から初音が出て来た。

「うん。今、帰った」

人足姿の男は、黒沢兵衛に違いなかった。

黒沢は、井戸の水を被り、汚れた手足を洗った。そして、初音に渡された新しい手拭《てぬぐい》で身体を拭い、鼻を鳴らした。

「美味そうな香りだな」

「はい。今夜はお前さまの好きな大根と葱《ねぎ》の味噌汁と鯵《あじ》の焼き物です」

「そいつは豪勢だ」

黒沢と初音は、楽しそうに家作に入って行った。

平八郎は吐息を洩らした。

黒沢兵衛は、何故に村井信一郎を斬り棄《す》てたのだ……。

不意に疑問が突き上げた。

平八郎には、黒沢兵衛が大した理由もなく人を斬る男に見えなかった。

だとしたら、斬られた村井信一郎とはどのような男なのだ……。

平八郎は、村井信一郎に想いを馳《は》せた。

家作の灯りは、小さいけれど温かさを感じさせた。


神田明神門前町の居酒屋『花や』は、職人やお店者たち常連で賑わっていた。

「いらっしゃい……」

「うん……」

平八郎は、女将のおりんに迎えられて入れ込みの奥に座った。

「何にします」

おりんが徳利と猪口を持って来た。

「父っつぁんのお勧《すす》めを頼むよ」

おりんの父親の貞吉《さだきち》は、『花や』の旦那であり板前でもあった。

「今夜は鯉の味噌煮と茄子焼きのおかか和《あ》えがお勧めですよ」

おりんは、平八郎の猪口に酒を満たした。

「そいつは美味そうだ」

「じゃあ……」

おりんは板場に去り、平八郎は猪口に満たされた酒を飲み干した。酒は空《す》きっ腹に染み渡った。

どうにもすっきりしない……。

平八郎は、手酌で酒を飲みながら黒沢夫婦を思い浮かべた。

二人は、真福寺の寺男の云った通り、穏やかで優しげな様子をしていた。そこには五年もの間、仇として追われている荒《すさ》みや窶《やつ》れは窺えなかった。

何故だ……。

平八郎は分からなかった。

「おまちどおさま……」

おりんが鯉の味噌煮を持って来た。

「うん……」

平八郎は、屈託《くったく》ありげに酒を飲んだ。

「どうしたの。悩みでもあるの……」

おりんは、綺麗な眉をひそめながら徳利を差し出した。

「う、うん。悩みってほどじゃあないが、気になることがあってな」

平八郎は、おりんの酌を受けて酒を飲んだ。

「仕事のことだったら、一人で考え込まないで、万吉の旦那に相談したらいいじゃあない」

「万吉の親父か……」

情報通の万吉なら何か知っているかも知れない……。

平八郎は、万吉の狸面を思い出した。

「ええ……」

おりんは微笑《ほほえ》んだ。

「そうだな」

平八郎は、おりんの微笑みに釣られたように笑みを浮かべた。

下手の考え休むに似たり。一人で考えていても埒《らち》は明かない。

平八郎は、酒を楽しむことにして鯉の味噌煮を食べた。

「美味い……」

「良かった」

おりんは、笑顔を見せて他の客の許に行った。

平八郎は、鯉の味噌煮を食べながら酒を飲んだ。

「やっぱり此処《ここ》でしたか……」

下っ引の長次が現れた。

「やあ、長次さん……」

平八郎は、長次が運良く『花や』に来たのを喜んだ。

居酒屋『花や』は常連客で賑わい続けた。


口入屋『萬屋』は、朝の周旋も終わって人気はなかった。

「邪魔をするぞ」

平八郎は暖簾を潜った。

茶を啜っていた万吉は、黒沢兵衛を見張りに行っているはずの平八郎が訪れたのに眼を丸くした。

「どうしたんです」

万吉は、平八郎に咎《とが》めるような眼を向けた。

「ちょいと気になることがあってな」

「気になること……」

「うん……」

「なんですか……」

万吉は眉をひそめた。

「黒沢兵衛に斬られた村井信一郎、どのような男でどうして斬られたのかな」

「それは……」

万吉は躊躇いを滲ませた。

「親父、知っていることがあれば教えてくれ」

平八郎は頼んだ。

「はあ……」

「親父、もし知っていることがあって教えてくれぬのなら、俺はこの一件から手を引くぞ」

平八郎は万吉を脅した。

「冗談じゃありません。今更手を引かれたら私の信用はがた落ちです」

万吉は狸面を怒らせた。

「だったら教えろ」

平八郎は思わず声を荒らげた。

万吉は戸惑った。

「どうしたんですか」

「すまん。だが、黒沢兵衛と女房の初音さん、仇持ちには見えなくてな」

「そうですか……」

万吉は溜息を洩らした。

「実は斬られた村井信一郎って方は、お殿さまの近習で、藩士の些細《ささい》な失態や間違いを面白おかしく変えて笑い物にしたそうでしてね。藩士の中には、恥辱《ちじょく》を受けたと腹を切った方もいるとか……」

「酷いな……」

平八郎は眉をひそめた。

「それで、村井信一郎さん、家中の評判は余り良くなかったそうですよ」

「そりゃあそうだろうし、恨んでいる者も多かったんだろうな」

斬られても仕方のない奴……。

平八郎はそう思った。

「きっと……」

万吉は頷いた。

「じゃあ、黒沢兵衛もそんな目に遭い、村井を斬り棄てたのかな」

「さあ、そこまでは……」

「じゃあ、討手の村井孝次郎はどういう男なのかな」

「さあねえ……」

万吉は首を捻った。

「そうか……」

平八郎は、村井孝次郎に関しては自分で調べると決め、口入屋『萬屋』を出た。

二

真福寺の境内には、遊ぶ幼子たちの楽しげな声が響いていた。

長次は、本堂の縁の下に潜んで裏庭の家作を見張っていた。

昨夜、長次は平八郎から仇討の一件と、追われている黒沢兵衛の人となりを聞いて首を捻った。

「やっぱり、長次さんも腑に落ちないか」

「ええ。何だかすっきりしませんね」

長次は、眉をひそめて頷いた。

「そこで長次さん、頼みがあるんですが……」

平八郎は身を乗り出した。

長次は、いつの間にか平八郎の話に乗せられているのに気付いて苦笑した。

平八郎は、斬られた村井信一郎と弟の孝次郎を調べることにし、長次に黒沢兵衛の見張りを頼んだ。

長次は引き受けた。そして、夜明けと共に真福寺にやって来て、黒沢兵衛を見張り始めた。

黒沢兵衛は、起きてから木刀の素振りをして薪《まき》割りや水汲みなどの家の仕事をした。そして、古びた袴を着け、初音に見送られて真福寺の裏門から出掛けた。

長次は尾行を始めた。

溜池の畔《ほとり》に出た黒沢兵衛は、汐留川沿いの道を芝口《しばぐち》に向かった。

黒沢兵衛が剣の使い手なのは平八郎に聞いており、朝の素振りを見ても良く分かった。

長次は慎重に尾行した。

黒沢は、汐留川沿いの道から日本橋通りに出て新橋を渡り、京橋《きょうばし》に向かった。そして、途中の銀座町《ぎんざまち》四丁目にある瀬戸物問屋に入った。

長次は、素早く間を詰めて瀬戸物問屋の店内を窺った。

黒沢は、番頭に案内されて店の奥に入って行った。

瀬戸物問屋の子に手習いを教えに来たのかもしれない……。

長次は、瀬戸物問屋の斜向かいにある一膳飯屋に入り、腹拵《ごしら》えをしながら見張ることにした。


討手の村井孝次郎は、駿河台の竜田藩江戸上屋敷の侍長屋で怪我の養生をしていた。

平八郎は、物陰に潜んで竜田藩江戸上屋敷を見張った。

半刻（約一時間）が過ぎた。

竜田藩江戸上屋敷から中間が出て来た。

平八郎は追った。

中間は、文箱らしき物を包んだ風呂敷を抱え神田川の方に向かった。平八郎は追った。中間は、神田川に架かる昌平橋を渡って三味線堀《しゃみせんぼり》に急いで行く。そして、三味線堀にある竜田藩江戸下屋敷の潜り戸を潜った。

中間は、江戸上屋敷から下屋敷に使いに来たのだ。

平八郎は、中間の出て来るのを待った。

僅かな時が過ぎた。

中間が手ぶらで下屋敷から現れ、来た道を戻り始めた。

平八郎は、昌平橋の袂で中間を呼び止めた。

中間は、怪訝な面持ちで立ち止まった。

「突然、呼び止めて申し訳ない。ちょいと訊きたいことがあってな」

平八郎は、親しげに笑い掛けた。

「はあ……」

中間は戸惑った。


平八郎は、中間に素早く小粒を握らせた。

「困りますよ、旦那……」

「なあに、気にするほどの金じゃない。それより、村井孝次郎のことを少し聞かせてくれ」

「村井さまですか……」

中間は、眉をひそめて小粒を握り締めた。

「うん。村井孝次郎、怪我をしたと聞いたが、どうしてか知っているか……」

「そりゃあもう……」

中間は、微かな嘲りを過らせた。

村井孝次郎は中間に嫌われている……。

平八郎は、村井嫌いの中間に出逢った運の良さを喜んだ。

「で、村井は何処をどうして怪我をしたんだ」

「怪我は額の擦り傷と身体のあちこちの打ち身でして、湯島天神で酒に酔って娘に絡む浪人たちを窘《たしな》めて追い払った時、多勢に無勢でした怪我だと……」

「ほう。それはそれは……」

平八郎は感心した。

「ところが旦那、本当は大違いなんですよ」

中間は声をひそめた。

「大違い……」

「ええ。あっしの知り合いが偶々《たまたま》見ていましてね。本当はその逆。飲み屋で酔っ払い、浪人たちと喧嘩《けんか》になって袋叩きにされたそうですよ」

中間は嘲笑した。

「酔っ払って袋叩きにされた……」

平八郎は思わず笑った。

「はい。それで額に擦り傷を作り、身体中は打ち身だらけ……」

「そいつは酷いな」

「ええ。大体、御家老さまやお留守居役さまのお偉いさんは誤魔化《ごまか》せても、若い家臣の皆さまやあっしたち中間は騙せやしませんよ」

「だが、村井孝次郎は兄上の仇を五年も追っているのだ。決していい加減な者でもあるまい」

「それはそうでしょうが、仇を探すといっては盛り場巡り、挙句の果てには女郎屋や賭場通いですよ」

「だが、追っている仇の手掛かりを探してのことかも知れぬぞ」

「そんな。家臣の方々の話では、仇の黒沢兵衛さまは女郎屋や賭場に出入りするような方ではないそうです」

「成る程……」

黒沢兵衛は、確かに女や博奕に現《うつつ》を抜かす男には思えない。

平八郎は頷いた。

「旦那、あっしはそろそろ行かないと……」

中間は不安を滲ませた。

「うん。最後に一つ。村井孝次郎、侍長屋で大人しく寝ているのか」

「いいえ。日が暮れるとうろうろ出掛けていますよ」

「出掛けている……」

平八郎は眉をひそめた。

「ええ。何処に行っているのか。夜中に酒の臭いをぷんぷんさせて帰って来ますよ」

中間は吐き棄てた。

「そうか。いや、造作《ぞうさ》を掛けたな」

平八郎は中間と別れた。

中間は、神田川に架かる昌平橋を小走りに渡り、駿河台の武家屋敷街に立ち去った。

村井孝次郎は、日が暮れると密《ひそ》かに出掛けている。

平八郎は、村井孝次郎の顔を見定め、その行動を確かめることにした。だが、日暮れまでには時がある。

平八郎は、赤坂溜池傍の真福寺に向かった。

一刻（約二時間）が過ぎた。

長次は、銀座町四丁目の瀬戸物問屋を見張り続けていた。

黒沢兵衛が、見送りの番頭と共に瀬戸物問屋から出て来た。

「ご苦労さまにございました」

「うむ。ではな……」

「お気をつけて……」

黒沢は、番頭に見送られて日本橋の通りを芝口に向かった。

長次は追った。

芝口から溜池の傍の真福寺に帰るのか……。

黒沢は、落ち着いた足取りで日本橋通りを進んだ。

その後ろ姿には、仇として追われる者の不安や怯えを窺わせるものはなかった。

長次は感心した。

黒沢は、汐留川に架かる新橋を渡って芝口に入った。そして、新橋の袂にある菓子屋に入った。

菓子屋……。

黒沢には似合わない店だ。

長次は戸惑った。

黒沢は、菓子屋で練羊羹《ねりようかん》を一本買った。

瀬戸物問屋の子に手習いを教え、その日当で初音への土産を買ったのだ。

黒沢は、練羊羹を懐に入れて汐留川沿いを溜池に向かった。その足取りは、今までより心持ち弾《はず》んでいた。

仲の良い夫婦だ……。

長次は思わず笑った。


真福寺の家作の周囲に長次はいなかった。

長次がいないのは、黒沢兵衛が出掛けており、追って行ったことを示していた。

平八郎は、真福寺の本堂の陰から家作を窺った。

雨戸の開けられた縁側では、初音が繕い物をしていた。日差しを浴びたその姿は、穏やかさに満ち溢れていた。

平八郎は眩しさを覚えた。

「今、帰った」

黒沢は、真福寺の裏門から帰って来た。

「お帰りなさいませ」

初音は迎えに出た。

「平八郎さん……」

平八郎の背後に長次が現れた。

「やあ……」

平八郎と長次は、黒沢がしばらく動かないと読んで溜池の畔に向かった。


溜池は静けさに覆われていた。

「黒沢、何処に行ったのですか」

「銀座町の瀬戸物問屋ですよ」

長次は、黒沢が瀬戸物問屋の子に手習いを教え、練羊羹を買って帰って来たのを告げた。

「練羊羹ですか……」

平八郎は微笑んだ。

「お内儀さんへの土産でしょう。で、村井孝次郎はどうですか……」

「そいつがいろいろありましてね……」

平八郎は、万吉や中間に聞いた話を教えた。

風が吹き抜け、溜池の水面に小波《さざなみ》が走った。


夕暮れの空に暮六つの鐘の音が響いた。

平八郎は、物陰に潜んで竜田藩江戸上屋敷を見張っていた。

半刻が過ぎた頃、額に擦り傷のある若い武士が左脚を引きずるように出て来た。

村井孝次郎だ……。

平八郎は、若い武士が村井孝次郎だと見定めた。

村井孝次郎は、左脚を僅かに引きずりながら神田川に向かった。

酌婦のいる飲み屋か、賭場にでも行くのか……。

平八郎は追った。


神田川の流れは月明かりを揺らしていた。

村井は昌平橋を渡り、神田明神門前町の盛り場に向かった。

何処に行く気だ……。

平八郎は追った。

村井は盛り場を進んだ。

この先に、貞吉とおりんの営む居酒屋『花や』がある……。

平八郎がそう思った時、村井は居酒屋の暖簾を潜った。

平八郎は驚いた。

居酒屋は『花や』だった。


「いらっしゃい……」

女将のおりんは、怪訝な面持ちで平八郎を迎えた。

「うん」

平八郎は、生返事をしながら店内に村井孝次郎を探した。

村井は、入れ込みの奥で同じ年頃の武士と酒を酌み交わしていた。

「どうしたのよ」

おりんは、苛立《いらだ》たしげに眉をひそめた。

「おりん、あの奥にいる侍を追って来た」

平八郎は、声をひそめて村井を示した。

「あら、そうなの……」

おりんは戸惑った。

「良く来るのか……」

「いいえ。良く来るのは、一緒にいる山崎《やまざき》さんの方で、あちらは初めてですよ」

「山崎……」

「ええ。確か竜田藩とかいうお大名家の御家中で、三味線堀の下屋敷にいると聞いていますよ」

「竜田藩の家中……」

「ええ……」

村井が酒を酌み交わしている武士は、同じ竜田藩の家臣だった。

村井は、山崎に酒を勧め、頭を下げて何事かを頼んでいた。

平八郎は、村井と山崎の近くに座り、酒を啜りながら二人の話を盗み聞いた。

「それで村井、お前はどうするのだ」

山崎は、眉をひそめて酒を啜った。

「上方に行くに決まっているさ」

村井は薄笑いを浮かべた。

「上方か……」

「ああ。で、頼みは聞いてくれるか」

「仕方があるまい」

「かたじけない。それでこそ幼馴染《おさなじ》みだ」

村井は、満面に笑みを浮かべて山崎の猪口に酒を満たした。

「それで、いつやる」

村井は身を乗り出した。

「明日にでも……」

山崎は、吐息混じりに猪口の酒を飲み干した。

村井は山崎に何を頼んだのか……。

平八郎は思いを巡らせた。

仇討の助太刀《すけだち》を頼んだのか……。

それとも、黒沢兵衛を闇討ちしてくれと頼んだのか……。

いずれにしろ、仇討絡みであるのは間違いない。

平八郎は、酒を啜りながら二人の様子を窺った。

小半刻（約三十分）が過ぎた。

村井と山崎は、それから仇討に関わる話を一切せず、家中の噂話に花を咲かせて『花や』を出た。

おそらく、村井は駿河台の江戸上屋敷に帰り、山崎は三味線堀の下屋敷に戻るのだろう。そして、山崎は明日、黒沢に何かを仕掛けるのだ。

明日、何かが起きる……。

平八郎は、猪口の酒を飲み干した。

居酒屋『花や』は夜更けと共に賑わった。


真福寺は朝霧に包まれていた。

平八郎は、裏庭の家作を見守った。

「早いですね。どうかしましたか……」

長次がやって来て眉をひそめた。

「実は昨夜……」

平八郎は、村井孝次郎が居酒屋『花や』で竜田藩家中の山崎と逢ったのを告げた。

「それで、山崎って侍が、黒沢さんに何かをするってわけですかい……」

長次の眼に険しさが浮かんだ。

「きっと。それでいつ来るか分からないので……」

平八郎は、夜明けと同時にお地蔵長屋の家を出て来た。

「何をする気ですかねえ」

長次は家作を眺めた。

「ええ……」

村井孝次郎は、山崎に何を頼んだのか……。

家作は雨戸を閉め、朝の静けさにひっそりと建っていた。

三

真福寺の狭い境内に日差しが溢れた。

黒沢兵衛は、家作の雨戸を開けて庭に降り、木刀の素振りを始めた。

木刀は鋭く振り下ろされながらも、空を斬り裂く音を鳴らさなかった。

「直新影流か……」

平八郎は、黒沢の剣の鋭さに眼を見張った。そして、村井孝次郎の仇討本懐が至難の業《わざ》だと知った。

初音は水を汲み、朝餉《あさげ》の仕度を始めた。やがて、台所から味噌汁の香りが流れて来た。

平八郎と長次は、緊張した面持ちで山崎が現れるのを待った。

朝飯を終えた黒沢は、袴を着けて出掛ける仕度をし始めた。

「今日は何の仕事に行くんですかね」

「日雇い人足に手習い教授。今日は剣術道場の師範代かな」

平八郎は読んだ。

「平八郎さん……」

長次が境内を示した。

竜田藩家臣の山崎が境内からやって来た。

「山崎です……」

平八郎は囁いた。

「一人ですか……」

長次は、山崎の背後を窺った。背後に仲間らしき侍はいない。そして、裏門にも侍はいなかった。

山崎は一人……。

平八郎が見た限り、黒沢兵衛と斬り合って勝てる相手ではない。

平八郎は戸惑った。

山崎は、境内を横切って本堂の裏手に進んだ。その時、黒沢兵衛が出掛ける仕度をし、初音と一緒に家作から出て来た。

山崎は立ち止まった。

黒沢は、初音を背後に庇《かば》うように佇《たたず》んだ。

「黒沢どの……」

山崎は、微かな怯えを滲ませた。

「確か山崎千之助《せんのすけ》どのだったな」

「はい……」

山崎は頷いた。

黒沢は、周囲を厳しい面持ちで窺った。

「黒沢どの、来たのは拙者《せっしゃ》一人です」

山崎は、微かに声を震わせた。

「何用があって参ったのだ……」

黒沢は、山崎に探る眼差しを向けた。

長次が微かに喉を鳴らした。

山崎に斬り掛かる腕はない……。

平八郎は見定めた。

山崎は一人で何しに来たのだ……。

平八郎は見守った。

「それなんですが、黒沢どのが此処にいるのを家中の者が知り、討手の村井孝次郎がいつやって来るか分かりません」

「村井孝次郎が……」

黒沢は、微かに眉をひそめた。

「はい」

山崎は喉を鳴らして頷いた。

「お前さま……」

初音は不安を過らせた。

「ですから黒沢どの、御妻女をお連れして早々に江戸から立ち退《の》かれるがよろしい」

山崎は、黒沢に江戸から出るのを勧めた。

平八郎は意外さに戸惑った。

「どうなっているんだ……」

長次は眉をひそめて呟いた。

「山崎どの、何故そのようなことを私に……」

黒沢は山崎を鋭く見据えた。

「黒沢どの。拙者は何故、御貴殿が村井信一郎を斬ったのか存じません。ですが、村井信一郎には子供の頃から苛《いじ》められ、馬鹿にされて来ました。ですから……」

山崎は、額に滲んだ汗を僅かに光らせた。

「分かった。礼を申すぞ、山崎どの……」

「では、今日にでも江戸から……」

「いいや。五年の歳月の末、ようやく手にした落ち着いた暮らし。村井孝次郎が来るなら返り討ちにするまで……」

黒沢は不敵に云い放った。

「く、黒沢どの……」

山崎は狼狽した。

「山崎どの、討手の村井孝次郎が助太刀を何人連れて来ようが構わぬ。私と初音は、もう逃げはしない」

「お前さま……」

「案ずるな、初音。死ぬ時は一緒だ。しかし、私たちは死なぬ」

「はい」

初音は微笑んだ。

「山崎どの、聞いての通りだ。引き取られるが良い」

黒沢は笑い掛けた。

「く、黒沢どの……」

山崎は困惑していた。

「さあ、行きなさい」

黒沢は厳しく告げた。

山崎千之助は、叱られた子供のように怯え、足早に境内に向かった。

黒沢と初音は見送った。

「初音、来るべき時がきたようだ……」

「お前さま、覚悟は出来ております。心配はご無用に願います」

初音は微笑んだ。黒沢を信じ切った邪気のない笑顔だった。

「うむ。では、行って参る……」

黒沢は、初音の見送りを受けて裏門から出て行った。

「どうします」

長次は囁いた。

「私は黒沢を追います。初音さんを頼みます」

「承知……」

平八郎は、長次を残して黒沢を追った。


黒沢兵衛は、真福寺の裏門を出て溜池の傍に出た。そして、溜池沿いを赤坂御門に向かった。

平八郎は尾行した。

山崎は、黒沢兵衛に江戸から立ち退くように勧めに来た。それが、村井孝次郎が山崎に頼んだとしたなら、その真意は何処にあるのだ。

黒沢兵衛が初音と共に江戸から逃げたとしたなら、村井孝次郎は再び仇討の旅に出なければならない。

それが、村井孝次郎の願っていることなのか……。

辛い仇討の旅を終えるには、無事に本懐を遂げるしかないのだ。しかし、村井孝次郎は山崎を使い、黒沢兵衛に江戸からの立退きを勧めた。

平八郎は、村井孝次郎の真意を測りかねた。

黒沢は、落ち着いた足取りで赤坂田町に入った。


赤坂田町は、赤坂御門前から赤坂田町一丁目、二丁目と続いて五丁目まである。

黒沢兵衛は、四丁目と五丁目の間にある一《ひと》ツ木《ぎ》丁《ちょう》の通りに入り、青山《あおやま》に向かった。

平八郎は、充分な距離を取って追った。

一ツ木丁の坂道をあがる黒沢は、不意に立ち止まって振り返った。

平八郎は慌てた。

逃げるわけにはいかない……。

平八郎は、止まりそうになる足を懸命に動かして歩き続けた。

佇んでいる黒沢との距離はゆっくりと縮まった。

黒沢はどう出るか……。

平八郎は、覚悟を決めて黒沢に近づいた。だが、黒沢は平八郎に背を向けて赤坂新《しん》町《まち》の路地に入った。

気付かれなかった……。

平八郎は安心した。安心しながらも油断なく進み、黒沢が入った路地を覗いた。

路地に黒沢の姿はなく、剣術の町道場があった。

平八郎は駆け寄った。

気合と木刀の打ち合う音の響く町道場には、『直新影流・正剛《せいごう》道場』の看板が掲げられていた。

睨み通り、師範代の仕事だ……。

平八郎は、正剛道場の様子を窺った。

町道場『直新影流・正剛道場』の周囲には、広島藩浅野《あさの》家を始めとした大名家の江戸中屋敷や旗本の屋敷が甍《いらか》を連ねている。通っている門弟は、そうした大名家の家臣や旗本の子弟が多いと思われた。

剣術道場の場所としては悪くはない……。

平八郎は、『直新影流・正剛道場』の武者窓《むしゃ》に近寄った。

『直新影流・正剛道場』から裂帛《れっぱく》の気合と木刀の打ち合う音が洩れていた。

平八郎は、武者窓から道場を覗いた。汗の臭いが鼻を衝《つ》いた。

道場の中では、門弟たちが木刀で激しく打ち合っていた。そして、木刀を手にした黒沢が、幼さの残る門弟たちに直新影流の型を教えていた。教え方は理詰めで分かりやすく、丁寧《ていねい》なものだった。

黒沢は、次に木刀で打ち合っていた門弟たちに稽古を付けた。

門弟たちは、気合を掛けて懸命に打ち込んだ。黒沢は数合打ち合い、門弟たちの頭や肩に無造作に木刀を押し据えた。そして、自分が何処に隙を見つけ、どう打ち込んだかを告げ、どう防いだら良いかを説《と》いた。

優れた師範代だ……。

平八郎は感心した。

次の瞬間、黒沢は覗いている平八郎に視線を向けた。

平八郎に隠れる暇はなく、誤魔化すように笑うしかなかった。


「ご無礼致した……」

平八郎は、覗き見をしていたことを詫《わ》びた。

「いえいえ。それより、御貴殿は何流を学ばれているのですかな」

黒沢は、平八郎を道場に招いた。平八郎は逃げるわけにも行かず、招きに応じた。

「はあ……」

平八郎は戸惑った。

「今時、剣術道場を覗く方は、ご自分も剣の修行をされている方が多いのです」

黒沢は笑った。

「そうですか。私は神道無念流を修行しております」

「ほう。神道無念流ですか……」

「はい」

「神道無念流なら、江戸には岡田十松先生の撃剣館という名高い道場があると聞いていますが、ご存知ですか」

「はあ、多少は……」

平八郎は、その撃剣館の高弟の一人なのを隠した。

「そうですか。そうだ、うちの門弟たちの為に拙者と稽古をしては戴けませんか」

「稽古……」

「ええ。神道無念流は他流との稽古、禁じられているのですか……」

「いえ。稽古は別に……」

「ならば、この通り、お願い致す。さあ、皆もお願い致しなさい」

黒沢と門弟たちは、平八郎に頭を下げて頼んだ。

平八郎と黒沢は木刀を構えて対峙《たいじ》した。

黒沢兵衛の構えは、小細工のない堂々としたものだった。そこには、怯えや姑息《こそく》さの欠片《かけら》もなかった。

黒沢と平八郎は、それぞれの流派の型を示し合いながら打ち合った。稽古は次第に熱を帯《お》び、激しくなった。

壁際に控えた門弟たちは、息を詰めて見守った。

平八郎と黒沢の稽古は更に激しさを増した。

このままでは相打ち……。

平八郎の勘が囁いた。

刹那、黒沢は構えを解いた。

「これまで……」

「はい」

黒沢は潮時を知っている……。

平八郎は笑顔で木刀を下げた。

門弟たちは、緊迫感から解き放たれて安心したようにざわめいた。

「みんな、世の中に剣の達人は大勢いる。大いに励むんだ」

黒沢は門弟たちに告げた。

門弟たちは声を揃えて返事をした。

平八郎は、充実した稽古の後の満足感と爽《さわ》やかさを覚えた。


一刻が過ぎた。

黒沢兵衛は、『直新影流・正剛道場』の師範代の仕事を終え、門弟たちに見送られて出て来た。黒沢は偶《たま》に来る師範代でありながら、多くの門弟たちに慕われている。

平八郎はそう見た。

黒沢は、門弟たちに見送られて赤坂新町から一ツ木丁の通りを溜池に向かった。

真福寺の家作に帰る……。

平八郎は、黒沢の見張りが意味のないものだと気付いた。

黒沢兵衛は、討手の村井孝次郎を恐れてはいない。

平八郎が見たところ、村井孝次郎の仇討は叶わず返り討ちにされる。

黒沢兵衛が、五年もの逃亡暮らしで得たものは、逃げも隠れもせずに妻の初音との穏やかな暮らしを護《まも》り切る決意なのだ。

逃げる気のない者を見張る必要はなく、無駄なことなのだ……。

平八郎は気付いた。

黒沢の足取りは速かった。

おそらく、山崎千之助が訪れたからだ。

黒沢は、妻の初音の身を案じて溜池沿いの道を急いだ。

平八郎は黒沢に続いた。


真福寺の家作に変わった様子はなかった。

「今、帰った」

黒沢は、周囲に不審な処がないのを見届けて家作に入った。そして、初音の迎える声がした。

平八郎は、見張っている長次の許に行った。

「どうでした」

「赤坂新町の町道場で師範代の仕事でしたよ」

「睨んだ通りですか……」

「ええ。こっちにも変わりはなかったようですね」

「ええ。お内儀さん、宇田川町《うだがわちよう》の呉服屋に縫いあがった仕立物を届けに行き、買物をして帰って来ましたが、別に後を付ける奴も現れず、変わったことはありませんでしたよ」

「そうですか……」

「ええ。それより平八郎さん、黒沢さんの見張り、必要なんですかね……」

長次は眉をひそめた。

「いいえ。必要ないでしょうね」

「やっぱりね……」

長次も平八郎同様、黒沢兵衛が討手を恐れて逃げ隠れするとは思ってはいなかった。

「分からないのは、村井孝次郎の本音です」

平八郎は首を捻った。

「ええ。山崎ってお侍が、村井孝次郎に頼まれて来たのなら、黒沢に江戸から逃げろと勧めたのが、どうにも分からなくてね」

「長次さん、私も同じです。その辺のところは山崎に聞くしかないでしょう」

「逢ってみますか……」

長次は、獲物を見つけた猟犬のように嬉しげな笑みを浮かべた。

「ええ……」

平八郎は苦笑した。

四

竜田藩江戸詰家臣の山崎千之助は、三味線堀の傍にある江戸下屋敷の留守居番の一人だった。

長次は、下屋敷の中間に小粒を握らせて山崎千之助がいるかどうか探った。

山崎千之助は下屋敷にいた。

「出掛けて昼過ぎに戻り、それからずっと下屋敷の侍長屋にいるそうですよ」

「昼過ぎに戻ったなら、村井孝次郎とはまだ逢っていないかな……」

「竜田藩の江戸上屋敷は駿河台でしたね」

「ええ……」

村井孝次郎のいる江戸上屋敷は、溜池の真福寺から三味線堀に来る途中の駿河台にある。

「戻る途中、上屋敷の侍長屋にいる村井に逢ったか、逢わなかったか……」

平八郎は眉をひそめた。

「平八郎さん……」

長次は、閉じられている表門脇の潜り戸から出て来る山崎千之助を示した。

平八郎と長次は、素早く物陰に潜んだ。

下屋敷を出た山崎は、三味線堀から向柳原《むこうやなぎわら》を抜けて神田川に向かって行く。

平八郎と長次は尾行した。

山崎は、俯き加減で足取りは重かった。

「なんだか、落ち込んでいますね」

長次は眉をひそめた。

「ええ……」

平八郎は頷いた。

神田川の流れは煌めいていた。

山崎は、神田川を眩しげに一瞥して筋違御門《すじかいごもん》に進んだ。

神田川に架かる筋違御門の隣にあるのが昌平橋であり、渡ると竜田藩江戸上屋敷のある駿河台の武家屋敷街だ。

「どうやら、上屋敷に行くようですね」

平八郎は睨んだ。

「ええ。あの様子じゃあ、真福寺の帰りに立ち寄っちゃあいませんね」

山崎は、重い足取りで昌平橋を渡り、武家屋敷街の坂道をあがった。

平八郎と長次は追った。


山崎千之助は竜田藩江戸上屋敷に入った。おそらく村井孝次郎に逢いに来たのだ。

「どうします」

長次は平八郎を窺った。

「山崎は、村井孝次郎に頼まれたことの首尾を伝えに来たのでしょう。それによって村井がどうするかです」

「黒沢さんが江戸から逃げる気がないと分かれば、仇討はいつでも出来ますか……」

長次は読んだ。

「ええ。仇討をすぐにするか、怪我が完全に治ってからにするか……」

村井孝次郎はどちらを選ぶのか……。

平八郎は思いを巡らせた。

上屋敷から山崎千之助が出て来た。

た。

「長次さん……」

平八郎は、長次を促して物陰に隠れた。

山崎は、清々した面持ちで背伸びをし、江戸上屋敷を振り返って嘲笑を投げ掛けた。

「平八郎さん……」

長次は見逃さなかった。

「村井孝次郎と何かあったようですね」

平八郎は眉をひそめた。

山崎の嘲笑は、村井孝次郎に向けられたものに違いなかった。

「ええ……」

長次は頷いた。

山崎は、来た道を戻り始めた。

「長次さん、山崎を追ってみます。村井をお願いします」

「分かりました」

平八郎は、長次を残して山崎を追った。

山崎千之助は、八ツ小路から神田川に架かる昌平橋に向かって行く。

「山崎どの……」

平八郎は、昌平橋の袂で山崎を呼び止めた。

山崎は、怪訝な面持ちで振り返った。

「私は矢吹平八郎と申して、お留守居役の大高五郎兵衛どのから、密かに黒沢兵衛どのの見張りを頼まれている者です」

平八郎は、山崎に厳しい眼差しを向けた。

「えっ……」

山崎は戸惑った。

「おぬし、今朝、黒沢どのを訪れ、御妻女を連れて早々に江戸から逃げるように勧めましたな」

山崎の顔に怯えが過った。

「おぬしのしたことは、お留守居役大高五郎兵衛どのに背《そむ》く行い……」

「そ、それは……」

「延《ひ》いては、殿さまお声掛かりの仇討の邪魔をすることになるが、何故かな」

平八郎は畳み掛けた。

殿さまお声掛かりの仇討を邪魔したとなると只ではすまない。最悪の時は切腹もありうる。

山崎は震え上がった。

「何故、黒沢どのに逃げるように勧めたのか、わけを聞かせていただこう」

「や、矢吹どのと申されましたな……」

山崎は声を震わせた。

「ええ……」

「わけを申せば、大高さまには……」

山崎は怯え、小心さを丸出しにして平八郎を窺った。

「そいつは、正直に話すかどうかによる」

平八郎は厳しく見据えた。

「黒沢どのに江戸から逃げるように勧めたのは、村井孝次郎に頼まれたからです」

山崎は思わぬことを云い出した。

「村井孝次郎に頼まれた……」

平八郎は戸惑った。

「はい。村井は、仇討で黒沢どのと尋常に立ち合ったところで本懐は遂げられず、返り討ちに遭うと恐れ、江戸から逃げてくれれば、自分も藩の眼の届かない気楽な旅に出られると……」

山崎は、覚悟を決めて告白した。

黒沢兵衛に江戸から逃げるように勧めたのは、返り討ちを恐れた討手の村井孝次郎だったのだ。

平八郎は驚き、呆れた。

討手が仇に逃げろと勧めるなど、前代未聞《みもん》のことだ。

村井孝次郎が、黒沢兵衛を恐れるのは間違ってはいない……。

平八郎は、村井の判断に頷いた。

「じゃあ酔って喧嘩になり、怪我をしたというのは……」

「仇討を引き延ばす為、己で仕組んだ狂言だとか……」

山崎は吐息を洩らした。

平八郎は、村井孝次郎の卑劣《ひれつ》さと姑息さに啞然とした。

黒沢兵衛が江戸から逃げれば、村井も討手として旅に出られるのだ。

「仇を追っての旅は、気楽な独り旅か……」

「左様、京には一緒に暮らしている女もいるそうだし……」

山崎は憮然とした。

「京に女……」

平八郎は驚いた。

村井孝次郎は、仇討の追手の身でありながら京で女と暮らしていたのだ。

「そんな金、あるのか……」

村井家は当主の信一郎が黒沢に斬られて断絶状態にあり、弟の孝次郎が仇討本懐を遂げない限り竜田藩に帰参は認められない。

「それが、村井家は竜田藩でも名高い造り酒屋の親類でして、村井には充分な仕送りがあるそうです」

「金は心配ないか……」

平八郎は、村井孝次郎が黒沢兵衛に江戸から逃げて欲しいと願う理由が分かった。

「それで村井孝次郎は、黒沢どのが江戸から逃げないと知り、どうする気だ」

「さあ、私はもう関わりありませんので……」

山崎は、迷惑そうに眉をひそめた。

平八郎は、村井の今後の出方を考えた。

覚悟を決めて尋常の仇討に臨《のぞ》む。

助太刀に剣客を雇って本懐を遂げる。

闇討ちをして黒沢を殺し、仇討そのものを終わりにする。

村井孝次郎はどれを選ぶのか……。

平八郎は思いを巡らせた。

神田川に船の櫓の軋みが甲高く鳴り響いた。


平八郎は、竜田藩江戸上屋敷に戻った。そして、長次に山崎千之助の告白を告げた。長次は呆れ果てた。

「村井孝次郎、どう出ますかね」

「さあ、どうしますかねえ……」

平八郎は苦笑した。

夕暮れ近く、村井孝次郎は竜田藩江戸上屋敷を出た。

平八郎と長次は追った。

村井は、思い詰めた顔で夕暮れの駿河台を下りて行った。

湯島天神門前町の盛り場には明かりが灯り始めていた。

村井は盛り場の奥に進んだ。

「酒を飲んで遊んでいる場合じゃありませんぜ」

長次は吐き棄てた。

村井は、奥の小さな居酒屋に入った。

「さあて、何をするのか……」

「ええ。どんな飲み屋か、ちょいと聞いて来ますよ」

「お願いします」

長次は、明かりの灯り始めた盛り場に消えた。

平八郎は、暗がりに潜んで小さな居酒屋を訪れる客を見張った。

小さな居酒屋に客の出入りは少なく、偶に浪人や遊び人が訪れていた。そして、村井孝次郎が出て来る気配はなかった。

「余り評判の良い店じゃありませんね」

長次が聞き込みから戻って来た。

「悪いですか、評判……」

「ええ。客を見て勘定を吹っ掛け、足りない時には身ぐるみ剝《は》ぐそうですぜ」

「そんな店ですか……」

平八郎は眉をひそめた。

「ええ。時々、居合わせた常連客の浪人や博奕打ちたちも手伝うそうですぜ」

長次は怒りを滲ませた。

「酷いな……」

「ええ。親分に云って早い内に叩き潰してやりますよ」

「その時は声を掛けて下さい。手伝います」

「お願いします」

長次は苦笑した。

小さな居酒屋の腰高障子が開き、村井が三人の浪人と一緒に出て来た。

平八郎と長次は、暗がりに潜んで見守った。

村井と三人の浪人は、盛り場の賑わいを進んだ。三人の浪人は腕に覚えがあるのか、行き交う酔客を威嚇《いかく》するように肩を怒らせて盛り場を出た。

平八郎と長次は尾行した。

村井と三人の浪人は、尾行者に対する警戒もなく、昌平橋を渡って八ツ小路から日本橋の通りを進んだ。

「平八郎さん、こいつは……」

長次は眉をひそめた。

「ええ。黒沢さんの処に行く気なのかも知れません」

平八郎は睨んだ。

「闇討ちですか……」

「黒沢さんがいなくなれば、村井孝次郎の仇討も終わりますからね」

「汚ねえ野郎だ」

長次は嘲りを浮かべた。

日本橋、京橋、そして新橋……。

村井と三人の浪人は、新橋を渡って汐留川沿いを溜池に向かった。

「間違いありませんね」

「ええ……」

「先廻りして黒沢さんに報せますか……」

長次は眉をひそめた。

「それには及ばないでしょう」

平八郎は笑った。

「黒沢さん、それほどの使い手なんですか」

「ええ……」

平八郎は、黒沢の木刀の鋭さと自在さを思い出した。

村井と三人の浪人は、溜池の傍の真福寺に着いた。そして、境内に入り、家作のある本堂の裏庭に廻った。


家作から小さな明かりが洩れていた。

三人の浪人は家作に忍び寄った。

平八郎と長次は、本堂の縁の下に潜んで村井と三人の浪人を見張った。

三人の浪人は、閉められた雨戸に耳を寄せて家の中の様子を窺った。村井孝次郎は、木陰に潜んで見守った。

「何処までも汚ねえ野郎だ」

長次は吐き棄てた。

三人の浪人は打ち合わせをし、一人が戸口に廻った。そして、残る二人は刀を抜いて雨戸に寄った。

「平八郎さん……」

長次は喉を鳴らした。

平八郎は笑みを浮かべた。
戸口に廻った浪人が板戸を叩いた。
家作から初音の返事が聞こえた。
次の瞬間、木刀を手にした黒沢兵衛が、雨戸を開けて飛び出して来た。
二人の浪人は不意を衝かれた。
黒沢は、木刀を無造作に振るった。
二人の浪人は首筋を打ち据えられ、気を失って崩れ落ちた。
呆気ないほど見事な一瞬だった。
長次は眼を丸くした。
「見事……」
平八郎は思わず呟いた。
黒沢は、残る一人の浪人のいる戸口に向かった。
浪人は、二人の浪人が倒されたのに気付かず、板戸が開くのを待っていた。
「おい……」
黒沢は声を掛けた。
浪人が反射的に振り返った。

黒沢は、木刀を浪人の右足の向こう脛《ずね》に放った。浪人は、悲鳴をあげて倒れた。

「終わったぞ、初音」

「はい」

初音が、手燭を持って板戸を開けた。

黒沢は、向こう脛を押さえて苦しげに呻いている浪人の刀を奪い、傍にしゃがみ込んだ。

初音は、浪人の顔に手燭を近づけた。

「見覚えのない顔だな。誰に頼まれての狼藉《ろうぜき》だ」

「し、知らぬ……」

「そうか。ならば、押し込み浪人として町奉行所に突き出してくれる」

黒沢は嘲笑った。

「待て、待ってくれ」

浪人はうろたえた。

「村井だ。村井孝次郎に頼まれたんだ」

浪人は白状した。

「やはりな……」

黒沢と初音は顔を見合わせた。

木陰に潜んでいた村井が慌てて身を翻した。

平八郎は飛び出し、村井の行く手に立ちはだかった。村井は驚き、息を飲んだ。

刹那、平八郎は村井の首筋に手刀を打ち込んだ。村井は、悲鳴をあげる間もなく気を失って倒れた。

黒沢は油断なく近づいてくると、平八郎に気が付いた。

「やあ……」

平八郎は、黒沢に笑い掛けた。

「おぬし、神道無念流の……」

黒沢は戸惑った。

「私は矢吹平八郎。こちらは岡っ引の長次さんです」

平八郎は己の名を告げ、長次を黒沢に引き合わせた。

「事情を聞かせて貰えますか……」

黒沢は眉をひそめた。

「実は……」

平八郎は、竜田藩江戸留守居役の大高五郎兵衛に頼まれて黒沢を見張っていたが、村井孝次郎の悪辣《あくらつ》さに呆れたことを告げた。

「そうでしたか……」

黒沢は、気を失って倒れている村井孝次郎を冷たく一瞥した。

「ところで黒沢さん、五年前に何故、村井信一郎を斬り棄てたのですか……」

平八郎は尋ねた。

「初音……」

黒沢は初音を窺った。

「お前さま。私に恥じることはございませぬ」

初音は胸を張った。

「うむ。矢吹どの、五年前、村井信一郎は妻の初音に云い寄ったのです」

「お内儀に……」

「はい。そして、撥《は》ね付けられたのを恨み、初音に云い寄られたと逆のことを家中に云い触らしたのです」

「馬鹿な野郎だ……」

長次は呆れた。

「それで拙者は、村井信一郎に厳しく警告したのです。そうしたら村井信一郎は……」

「愚《おろ》かにも逆上しましたか……」

「ええ。いきなり斬り掛かって来て、拙者は咄嗟に……」

「斬り棄てましたか……」

「ええ。急所を外せば良かったのですが、咄嗟のことでしたので……」

黒沢に悔やみが過った。

「武士が刀を抜くのは死を賭してのこと。村井信一郎とて武士の端くれ。哀《あわ》れむ必要はありますまい」

平八郎は毅《き》然《ぜん》と云い棄てた。

「矢吹どの……」

黒沢は微笑んだ。

「で、黒沢どの、村井孝次郎と浪人どもはどうします」

「大番屋にぶち込んで何もかも白状させ、村井孝次郎の所業を天下にさらし、肩入れしている竜田藩の殿さまを笑いものにしてやりますか……」

長次は、腹立たしげに告げた。

「長次さん、そいつは面白いですね」

平八郎は頷いた。

「矢吹どの、長次どの、それは勘弁して下さい」

黒沢は微かにうろたえた。

平八郎と長次は戸惑った。

「どのような殿でも、一度はお仕《つか》えした殿です。世間の笑いものにはしたくはない……」

黒沢は、哀しげに項垂れた。

「黒沢さん……」

「この通りです。矢吹どの、長次どの……」

黒沢は深々と頭を下げた。

平八郎は、黒沢兵衛に武士の矜持《きょうじ》と潔《いさぎよ》さを見た。

「平八郎さん……」

長次は平八郎を窺った。

「ええ。分かりました、黒沢さん。村井孝次郎と浪人どもは私と長次さんが片付けましょう」

平八郎は引き受けた。

「矢吹どの……」

平八郎は、向こう脛を打ち砕かれて呻いている浪人を当て落とした。

「さあ、家に戻り、戸締りをするのですね」

平八郎は笑った。

溜池は月明かりに煌めいていた。

平八郎と長次は、気を失っている村井孝次郎と浪人たちを溜池の土手に放置した。

翌朝早く、平八郎は竜田藩江戸上屋敷に留守居役の大高五郎兵衛を訪ねた。

藩主の松平《まつだいら》摂津守《せっつのかみ》が登城した後の江戸上屋敷は、緊張から解き放たれて静けさに包まれていた。

大高五郎兵衛は、平八郎を用部屋に招いた。

「して、黒沢兵衛、如何《いかが》致しておりますかな」

「妻の初音どのと静かな毎日を送っています」

「そうか……」

「ですが、その黒沢どのに討手が迫っているので、江戸から逃げろと密かに勧めた者がおります」

「江戸から逃げろと……」

大高五郎兵衛は白髪眉をひそめた。

「左様……」

「おのれ、何者だ」

「討手の村井孝次郎……」

「なに……」

大高は驚き、肥った身体を大きく揺らした。

「村井孝次郎、黒沢どのとの尋常な立ち合いを恐れ、怪我をする狂言を打って仇討を引き延ばし、人を介して黒沢どのに逃げろと勧めたが、叶わぬと知って無頼の浪人どもを雇い、闇討ちを仕掛けた……」

平八郎は、大高を見据えて告げた。

「矢吹どの、それに間違いはないのか」

大高は、微かに喉を震わせた。

「事実かどうかは、村井孝次郎に確かめるが良いでしょう」

大高は、取次ぎの家臣を呼び、村井孝次郎を呼ぶように命じた。だが、上屋敷内の侍長屋で怪我の養生をしているはずの村井孝次郎は姿を消していた。

「夜明け前に何処から戻り、すぐに出掛けたそうにございます」

家臣は大高に報せた。

「逐電致したか……」

大高は呆然とした。

逐電は平八郎の言葉の正しさの証だった。

「おのれ、村井孝次郎……」

大高は、顔を真っ赤にして激怒した。

「どうしたら良い、矢吹どの……」

大高は平八郎に縋った。

「黒沢どのが村井信一郎を斬った経緯からしても、これ以上の仇討騒ぎは竜田藩の名を汚し、世間の笑いものになるだけでしょう」

「な、なんと……」

「村井孝次郎の行状、すでに江戸の者たちの耳にも届いていますからね」

「それは、まことか……」

「ええ。村井孝次郎どの、殿さまお声掛かりに甘え過ぎたようですな」

平八郎は突き放した。

「左様か……」

大高は、溜息混じりに肩を落とした。

「さて、仇討の討手が逐電したとなると私は御役御免。給金を戴きましょう」

平八郎は残念そうに告げた。


黒沢兵衛を見張る仕事は終わった。

大高五郎兵衛は、平八郎に約束の日当の他に二両の小判を包んだ。二両の小判は、仇討騒ぎの口止め料ともいえた。平八郎は、遠慮なく小判を貰った。


竜田藩江戸上屋敷の前で長次が待っていた。

「如何でした」

「村井孝次郎が逐電しましてね。仕事は終わりましたよ」

「思った通りですね」

長次は笑った。

「ええ。これで黒沢さんと初音さん、静かに暮らせるでしょう」

「じゃあ、黒沢さんに報せてやりますか……」

「ええ。給金の他に礼金を貰いました。そいつで、酒と美味い物を買って行きましょう」

「そいつは良いですねえ」

平八郎と長次は溜池に向かった。

村井孝次郎は、おそらく女のいる京に行ったのだ。

これで良かったのかも知れない……。

そうした想いが、不意に平八郎を過った。

武家の掟《おきて》である仇討は、追われる仇持ちも辛ければ、追う討手も辛いものといえる。

平八郎は、虚《むな》しさと哀しさを覚えずにはいられなかった。

黒沢兵衛と初音は、虚しい武家の掟からようやく逃れられたのだ。

溜池は眩しく煌めいていた。

# 第三話　弟捜し

一

腰高障子が小さく叩かれた。

「何方《どなた》だ……」

平八郎は、蒲団に潜り込んだまま尋ねた。

「私ですよ」

口入屋『萬屋』の主・万吉の声だった。

「開いている。どうぞ」

平八郎は、蒲団を素早く二つ折りにして壁際に押し付けた。

「お邪魔しますよ」

万吉は、腰高障子を開けて入って来た。

「臭いな……」

万吉は眉をひそめて部屋を見廻し、あがり框《かまち》の埃《ほこり》を叩いて腰掛けた。

「それより何ですか、朝早く……」

平八郎は腐った。

「何を寝惚《ねぼ》けているんです。もう巳《み》の刻四つ（午前十時）を過ぎていますよ」

万吉は苦笑した。

「巳の刻四つを過ぎた……」

平八郎は思わず驚いた。

昨夜、大して酒も飲まずに亥の刻四つ（午後十時）頃に寝た。そして、翌日の巳の刻四つに起きたとなると、六刻程も眠っていたことになる。

「良く寝たな……」

平八郎は、我ながら感心した。

「何云ってんだか……」

万吉は呆れた。

「それより平八郎さん、給金の良い仕事がありますが、やってみませんか……」

「給金の良い仕事ですか」

「ええ。給金は一日一分……」

万吉は、平八郎に探るような眼を向けた。

「一分……」

平八郎は思わず身構えた。

一分は四分の一両であり、かなり高い給金といえる。

「如何ですか……」

「そうだなあ、どんな仕事だ……」

平八郎は、小判の輝きを思い浮かべた。

「若い御新造のお供をすればいいんですよ」

平八郎は眉をひそめた。

「ええ……」

万吉は、笑みを浮かべて頷いた。

「そいつは、どうかな……」

平八郎は、万吉に疑いの眼を向けた。

高い給金に若い御新造……。

万吉が持って来る旨《うま》い話には、危険が付き物だ。おそらく仕事は、神道無念流の腕を使わなければならないものなのだ。

平八郎は、興味を覚えながらも警戒した。

「平八郎さん、引き受けるかどうかは、詳しいお話を聞いてからにしてはどうですか。中々の美形だそうですよ、御新造は……」

万吉は、狸面に狡猾《こうかつ》さを過《よぎ》らせた。

「う、うん。それもそうだな……」

平八郎の警戒は、一分金の輝きと万吉の狡猾さに呆気なく負けた。

・

料理屋『松葉屋《まつばや》』の座敷には、不忍池からの風が吹き抜けていた。

平八郎と万吉は、茶を啜りながら相手の来るのを待っていた。

開け放たれた障子の向こうには、不忍池が眩しく煌めいて水鳥の鳴き声が響いていた。

長閑《のどか》な景色だ……。

平八郎は、眠気に襲われて眼を閉じた。

「平八郎さん……」

万吉が脇腹を突《つつ》いた。

平八郎は、慌てて姿勢を正した。

御高祖頭巾《おこそずきん》を被った武家女が、仲居に案内されて座敷に入って来た。

「お待たせ致しました。わざわざのご足労、かたじけのうございます」

武家女は落ち着いた声音で挨拶をし、御高祖頭巾を外した。

大年増……。

武家女は、若い御新造ではなく中年だった。

話が違う……。

平八郎は、思わず万吉を睨んだ。

「いえいえ。澄江《すみえ》さま、こちらがお話し致しました矢吹平八郎さんにございます」

万吉は平八郎を無視し、澄江と呼んだ武家女に紹介した。

「矢吹平八郎です」

平八郎は慌てて挨拶をした。

「澄江と申します。矢吹さまは、お若いながらも神道無念流の名人だとか……」

「名人なんかではありませんが、未だ遅れを取ったことはありません」

平八郎は苦笑した。

「如何でございますか……」

万吉は澄江を窺った。

「月代《さかやき》を剃《そ》ることは出来ますか」

澄江は平八郎に尋ねた。

「月代……」

平八郎は思わず聞き返した。

「左様、月代です」

「そいつは出来ません」

平八郎は総髪の頭を押さえた。

「いいじゃありませんか、平八郎さん。月代ぐらい……」

万吉は眉をひそめた。

「良くありませんよ」

「剃ってもすぐ伸びますよ」

万吉は責め立てた。

「冗談じゃあない」

平八郎は抗《あらが》った。

「ですがね……」

「万吉どの……」

澄江が割って入った。

「は、はい」

「月代は伸ばしたままで結構です」

澄江は微笑んだ。

「そ、そうですか……」

万吉は、拍子抜けをしたように平八郎を一瞥《いちべつ》した。

「助かります」

平八郎は礼を述べた。

「それで矢吹さまには、明日から佐奈子《さなこ》さまのお供をして戴きます」

「佐奈子さま……」

「はい。佐奈子さまは、私が御奉公している、さる大身旗本のお姫さまにございまして」

「大身旗本とは……」

平八郎は遮《さえぎ》った。

「それは申せませぬ」

澄江は、微笑みを浮かべて拒否した。

「平八郎さん……」

万吉は窘《たしな》めた。

「う、うん……」

「それで、佐奈子さまは一年半ほど前に駆け落ちをされ……」

澄江は、平八郎を見つめて淡々と告げた。

「駆け落ち……」

平八郎と万吉は、思わず顔を見合わせた。

「ええ。相手はご浪人でして……」

身分は平八郎と同じだ。

「歳は二十六……」

歳も同じだ。

「それで、医術を修行している方なのです」

そこが違った。

佐奈子という大身旗本の下の姫さまの駆け落ち相手は、剣術ではなく医術を修行中の身の浪人だった。

「それにしても、大身旗本のお姫さまのお供など私に勤《つと》まりますかね」

平八郎は眉をひそめた。

「それはもう、ご心配なく……」

澄江は苦笑した。

「佐奈子さまは、只のお姫さまではございません。心配はご無用です」

「そりゃあ、まあ、駆け落ちをするくらいですから、只のお姫さまじゃあないでしょうが」

平八郎は首を捻った。

「それに、今は駆け落ちをされて勘当の身。貧乏浪人の妻に過ぎません」

大身旗本の父親は、駆け落ちした佐奈子を勘当していた。

「そうですか。で、私はその佐奈子さまのお供をすれば良いのですね」

「左様。お供をすれば良いのです」

澄江は頷いた。

「で、佐奈子さまは明日、どちらに行かれるのですか」

平八郎は、肝心なことを訊いた。

「それは明日、佐奈子さまがご自分でお伝えします」

「明日……」

「矢吹さまは、お供として佐奈子さまをその行き先にご案内し、無事にお戻りくだされば宜《よろ》しいのでございます」

「では、行って何をするのですか……」

「それも佐奈子さまが……」

澄江は眉をひそめた。

「その行き先で、神道無念流が役に立つのですか……」

「きっと……」

澄江は頷いた。

平八郎は、医術を修行中の日下左京《くさかさきょう》介《のすけ》の身代りとなり、妻の佐奈子と一日行動を共にして無事に戻ってくれれば良いのだ。

「分かりましたね、平八郎さん……」

万吉が念を押した。

「うん。鬼が出るか蛇《じゃ》が出るか……」

平八郎は頷いた。

不忍池から水鳥の群れが羽音を鳴らして飛び立ち、水飛沫《みずしぶき》が日差しに美しく煌めいた。

神田明神門前町にある居酒屋『花や』の軒行灯《のきあんどん》の火が瞬いた。

平八郎は、酒を早々に切り上げて晩飯にした。

「あら、身体の具合でも悪いの」

女将のおりんは、平八郎の晩飯の早い注文に戸惑った。

「いや。身体は大丈夫だが、明日、ちょいとした仕事があってな。あまり飲んでもいられないのだ」

何があるか分からない……。

平八郎は、斬り合いになった時に不覚を取るのを恐れて体調を整えた。

「ちょいとした仕事、何だか危ない仕事のようですね」

おりんは眉をひそめた。

「ま、大丈夫だと思うがな」

平八郎は苦笑した。

おりんの父親で板前の貞吉は、焼鰆《やきさわら》、けんちん汁、里芋の煮物などを仕度《したく》してくれた。

「美味い……」

平八郎は晩飯を食べた。

「どうかしたんですかい」

長次が、戸惑った面持ちで平八郎の眼の前に座った。

「やあ、長次さん……」

「今夜、何か……」

長次は、平八郎が何事かに備えて腹拵《はらごしら》えをしていると睨んだ。

「いいえ、違います。酒はもう済ませました」

平八郎は笑った。

「そうですか。それならいいんですけどね」

「お待ちどおさま……」

おりんは、長次に徳利を持って来た。

「長次さん。平八郎さん、明日、危ない仕事をするらしいわよ」

おりんは、長次の猪口に酒を満たした。

「危ない仕事……」

長次は、飯を食べている平八郎を一瞥した。

「ええ……」

おりんは頷き、他の客に呼ばれて行った。

「何ですか、危ない仕事ってのは……」

長次は酒を飲んだ。

「大袈裟《おおげさ》なんですよ、おりん……」

平八郎は飯を食べ続けた。

「危ないかどうか、まだ分からない仕事なんですよ」

「どんな仕事なんですか……」

「えっ、ええ。実は大身旗本のお姫さまのお供に雇われましてね」

「お姫さまのお供……」

長次は眉をひそめた。

「ええ。尤《もっと》もそいつは昔の話で、今は人妻ですがね……」

「で、何処に行くお供なんですかい」

「そいつが、さっぱり分からないんです」

平八郎は、長次に詳しいことを話した。

「何だか良く分からない仕事ですね」

「一日一分の給金です。何だか良く分からなくても引き受けない手はありません」

「そりゃあそうですね。ですが、雇う条件の一つが神道無念流の使い手ってのが気になりますね」

「ええ。その辺が危ないといえば危ないのかもしれません」

平八郎は小さな笑みを浮かべた。

「ええ。何事もその佐奈子さまが何処へ何をしに行くかですね」

長次は、真剣な面持ちで首を捻った。

「それに、大身旗本が何処の誰かです」

「分かりました。そっちの方はあっしが探ってみますぜ」

長次は、手酌で酒を飲んだ。

「そいつはありがたい。よろしくお願いします」

平八郎は頭を下げた。

「でしたら、あっしも酒はこれだけにして晩飯にしますよ」

長次は、おりんに晩飯を頼んだ。

おりんは、長次も酒を切り上げたのに驚いた。

居酒屋『花や』は客たちで賑わい、楽しげな笑い声に満ち溢れた。


辰の刻五つ半（午前九時）。

平八郎は、長屋の木戸口にある古い地蔵尊に手を合わせた。そして、古い地蔵尊の光り輝く頭をひと撫でし、お地蔵長屋を出て不忍池に向かった。

不忍池の畔《ほとり》には、僅かな人々が朝の散策を楽しんでいた。

平八郎は、料理屋『松葉屋』を訪れた。

長次は、すでに来ている筈だった。しかし、その姿は何処にも見えなかった。


料理屋『松葉屋』を訪れた平八郎を澄江が迎えた。

「さあ、こちらにどうぞ」

澄江は、平八郎を座敷に誘った。

座敷には、二十三、四歳の大きな眼をした快活そうな武家女が待っていた。

佐奈子……。

平八郎は見定めた。

「さあ、そちらに……」

澄江は、平八郎に上座を勧めた。

「うん……」

平八郎は、勧められるまま上座に座った。

「矢吹さま、こちらが佐奈子さまにございます」

佐奈子は、元は大身旗本の姫だったとはいえ、今は浪人の妻らしく質素な身なりだった。

「佐奈子にございます。本日はよろしくお願い致します」

佐奈子は、気さくな笑顔で平八郎に挨拶をした。そこには気位の高さなどは窺えず、平八郎は密かに安堵《あんど》した。

「矢吹平八郎です」

「はい。妙なことをお願い致しまして申し訳ございません」

佐奈子は、大きな眼をきらきらと輝かせた。

「いいえ……」

平八郎は、引き込まれたように笑みを浮かべた。

「佐奈子さま、そろそろ……」

澄江は佐奈子を促した。

「そうですね。それでは矢吹さま、そろそろ参りましょう」

「はい。で、佐奈子さま、どちらに……」

平八郎は尋ねた。

「矢吹さま、大身旗本家の娘だったのは昔のこと。今は医術を学ぶ貧乏浪人の妻です。佐奈子さまはお止め下さい」

　佐奈子は微笑んだ。

「分かりました。では、何処に行くのです、佐奈子さん……」

　平八郎は僅かに照れた。

「はい。先《ま》ずは吉原《よしわら》にご案内をお願いします」

「吉原……」

　平八郎は戸惑った。

「はい。吉原にございます」

　佐奈子は頷いた。

「何しに……」

　武家の妻女が、吉原に何の用があるというのだ。

「それは行ってから申し上げます」

　佐奈子は微笑んだ。

　吉原は上野寛永寺《かんえいじ》と浅草寺の間の北に位置し、不忍池から遠くはない。

「心得た」

　平八郎は、苦笑するしかなかった。

二

不忍池の畔から下谷広小路に出て、寛永寺の横手の山下を抜けると入谷になる。入谷から千住《せんじゅ》に向かう途中に下谷三ノ輪《みわ》町《まち》があり、隅田川に続く山谷堀《さんやぼり》がある。その土手道である日本堤《にほんづつみ》の途中に吉原はあった。

平八郎は、佐奈子を連れて下谷広小路を横切り、寛永寺脇の山下に進んだ。

吉原に何の用があるのだ……。

平八郎は、思いを巡らせながら進んだ。

佐奈子の忙しく付いて来る足音が聞こえた。

平八郎は、己の迂闊《うかつ》さに気付いた。

佐奈子は、平八郎の歩調に合わせて懸命に付いて来ている……。

平八郎は、立ち止まって振り返った。

佐奈子は、額に薄く汗を滲《にじ》ませた顔に戸惑いを浮かべた。

「どうかしましたか……」

「いえ……」

平八郎は、佐奈子と並んで歩き出した。

「すみません……」

佐奈子は、平八郎が自分の歩調に合わせて歩き出したのに気付いた。

「いや。気付かぬことで……」

平八郎は、己の無神経さを恥じた。

緑の田畑を吹き抜けた風は爽《さわ》やかだった。


平八郎と佐奈子が出掛けて四半刻（約三十分）が過ぎた頃、料理屋『松葉屋』から御高祖頭巾を被った澄江が現れた。

澄江は、『松葉屋』の女将に見送られて明神下の通りに向かった。

植え込みの陰から長次が現れ、澄江の尾行を開始した。


澄江は、明神下の通りを足早に神田川に進んだ。

長次は、澄江の行き先が佐奈子の実家である大身旗本と関わりがあると睨んだ。

神田川に出た澄江は、水道橋《すいどうばし》を渡って駿河台の武家屋敷街に入った。

武家屋敷街には辻番があり、岡っ引に厳しい処《ところ》だ。

長次は、不審を抱かれないように慎重に尾行した。

澄江は坂道をあがり、堀留の傍にある長屋門の旗本屋敷に入った。

長次は見届けた。

何様の屋敷なのか……。

長次は、旗本屋敷の主が何者か、辺りに聞き込みを開始した。


吉原は、浅草浅草寺裏の浅草田圃《たんぼ》にある。

平八郎と佐奈子は、下谷三ノ輪町から山谷堀の土手である日本堤を吉原に向かった。やがて、行く手に見返り柳や番所などが見えた。

吉原は敷地二万余坪を誇り、江戸町《えどちょう》、京町《きょうまち》、角町《すみちょう》などがあり、周囲を〝おはぐろどぶ〟と呼ばれる幅二間の掘割で囲まれていた。

遊女は数千人おり、花魁《おいらん》は和歌、古典、お茶、生け花、三味線、琴などに精通していた。そして、客に武士と町人の身分の差はなく、金だけが通用する処でもあった。

平八郎と佐奈子は、見返り柳のある衣紋坂《えもんざか》を下って五十間道《ごじっけんみち》を大門に進んだ。

大門を潜った平八郎は、佐奈子を面番所に伴って妻だと告げ、女が吉原に出入りするのに必要な大門切手を受け取った。

吉原は男の出入りは自由だが、女は遊女の足抜けを防ぐために大門切手が必要とされていた。

吉原は昼間から賑わっていた。

佐奈子は、大きな眼を丸くして吉原の賑わいを眺めた。

「さあて、これからどうします」

平八郎は苦笑した。

「はい。角屋《かどや》の夕霧《ゆうぎり》太夫《だゆう》と申す方にお逢いしたいのですが……」

「角屋の夕霧太夫ですか」

平八郎は戸惑った。

「はい」

「そいつは難しい……」

平八郎は困惑した。

「難しい……」

佐奈子は眉をひそめた。

「ええ。夕霧太夫は花魁でしてね。逢うにはいろいろ面倒な手続きが入り用だし、金もかなり掛かります」

「お金なら多少はございます」

佐奈子は懐を押さえた。

「花魁を呼ぶには一両一分。番頭新造や振袖新造、芸者や幇間《ほうかん》たちの付き添いにも心付けを払い、加えてお茶屋や廓《くるわ》の払いなどで都合四、五十両は掛かるそうです」

「そんなに……」

佐奈子は驚き、呆然とした。

「それに、今からお茶屋に頼んでも、すでに客がついていたら逢えはしませんよ」

「そんなに大変なのですか、花魁の夕霧太夫にお逢いするのは……」

「ええ。吉原とはそういう処なのです」

「そうですか……」

佐奈子は落胆した。だが、貧乏浪人の平八郎は、吉原に縁遠くて知り合いも伝手《つて》もなかった。

「夕霧太夫にどうして逢いたいのですか」

「実は弟が夕霧太夫と深い仲になり、屋敷の金を持ち出していまして……」

佐奈子は躊躇《ためら》いを滲ませた。

「ほう、弟御が夕霧太夫に……」

「はい……」

佐奈子は項垂《うなだ》れた。

「花魁道中だ。角屋の夕霧太夫の花魁道中だよ」

行き交う客から声があがった。

ついている……。

平八郎は小さく笑った。

「佐奈子さん、どうやら夕霧太夫の顔だけは見られそうですよ」

「本当ですか……」

佐奈子は大きな眼を輝かせた。


花魁道中は、客に呼ばれた花魁が廓から茶屋に行くことをいった。〃道中〃と呼ぶのは、江戸町から京町に行ったり、その逆だったり、つまり〃江戸〃から〃京〃に〃道中〃する見立てから来ていた。

花魁の夕霧太夫は、箱提灯を持った若い衆や禿《かむろ》、新造などを従え、外八文字《そとはちもんじ》を踏みながら茶屋に向かっていた。

平八郎と佐奈子は、見物人に混じって夕霧太夫の華やかな花魁道中を見守った。

「夕霧太夫です」

平八郎は、花魁が夕霧太夫だと確かめて佐奈子に告げた。

「はい……」

佐奈子は喉を鳴らし、夕霧太夫の瓜実顔《うりざね》を見つめた。

夕霧太夫は、外八文字の足取りで平八郎と佐奈子の前を通り過ぎて行った。

見物人たちは散った。

佐奈子は、困惑した面持ちで立ち尽くしていた。

「どうしました」

平八郎は眉をひそめた。

「えっ、ええ。夕霧太夫、亡くなった私と弟の母に何処となく似ているのです」

「亡くなった母上に……」

「はい」

「幾つなんですか、弟御は……」

「十七歳です」

佐奈子の十七歳になる弟は、夕霧太夫に亡き母の面影を見て通い詰めているのかも知れない。

それにしても、十七歳の若侍が吉原の花魁と馴染《なじ》みになるには、手引きをした者がいるはずに違いない。

平八郎は思いを巡らせた。

吉原に三味線や太鼓の音が華やかに鳴り響いた。

「純之助《じゅんのすけ》……」

佐奈子は、散っていく見物人を見て叫んだ。

「純之助ではありませんか」

若い侍が驚いたように佐奈子を見つめ、血相を変えて慌てて身を翻《ひるがえ》した。

派手な半纏《はんてん》を着た町方の男と浪人が、純之助に続いた。

「お待ちなさい。純之助」

佐奈子は追った。平八郎は続いた。

純之助と呼ばれた若侍は、人込みの中を小走りに大門に向かった。

「退《ど》け、退いてくれ」

佐奈子と平八郎は追った。だが、行き交う人々に行く手を阻《はば》まれ、中々追いつけなかった。

大門を出た佐奈子と平八郎は、日本堤の左右に純之助の姿を探した。だが、日本堤に純之助の姿はなかった。

平八郎は、山谷堀の船着場を見た。

船着場では、純之助が派手な半纏を着た男と猪牙舟に乗り込んでいた。

「船着場だ」

平八郎は船着場に走った。

「純之助……」

佐奈子は平八郎に続いた。

純之助と一緒にいた浪人が、平八郎と佐奈子の前に立ちはだかった。

「退け」

平八郎は走りながら怒鳴った。

浪人は刀を抜いた。

平八郎は、走る速度を緩めず浪人に迫った。擦れ違う刹那、浪人は平八郎に斬り掛かってきた。平八郎は浪人の刀を見切り、僅かに躱《かわ》して刀を握る腕を押さえて鋭い投げを打った。

浪人は、大きく宙を舞って地面に叩きつけられた。

小石が跳ね、草が千切れ飛んだ。

平八郎と佐奈子は、苦しく呻《うめ》く浪人を残して船着場に走った。しかし、純之助と派手な半纏を着た男を乗せた猪牙舟は、すでに船着場を離れて隅田川に向かって下って行った。

平八郎は、船着場に立ち尽くした。

佐奈子は、息を荒く鳴らした。

「弟御ですか」

「はい。純之助です……」

佐奈子は哀しげに頷いた。

純之助が何処に行ったのかは、浪人が知っているはずだ……。

平八郎は、浪人の許に駆け戻った。しかし、浪人はすでに逃げ去っていた。

駿河台堀留傍の屋敷の主は、三千石取りの旗本・酒井修理太夫《さかいしゅりだゆう》だった。

長次は、周囲の屋敷の中間や下男、出入りを許されている商人などに聞き込みを掛けた。

酒井家の主・修理太夫は寄合席であり、子は嫁《とつ》いだ上の姫と下の姫、そして嫡男《ちゃくなん》と幼い次男がいた。嫁いだ上の姫の母親と下の姫と嫡男の母親は違い、二人ともすでに病で亡くなっており、幼い次男は側室の子だった。

長次は、斜向《はすむ》かいの旗本屋敷の中間頭に小粒を握らせて話を聞き出した。

「そういえば下の姫さま、近頃、とんと姿を見掛けねえな」

「大身旗本のお姫さまだ。滅多に姿は見せねえだろう」

「そいつが下の姫さまは、相手構わず誰にでも話し掛ける妙なお人でな。お付きの婆やも困っていたぜ」

中間頭は苦笑した。

長次は、下の姫が駆け落ちした佐奈子だと確信した。

「それで、酒井さまの屋敷はどんな様子なんだい」

「そいつが、十七歳になる若さまが女遊びを覚えたそうでな。酒井のお殿さま、かなりのお怒りだそうだぜ」

酒井家は、下の姫の佐奈子の駆け落ちに続き、嫡男の女遊びに困り果てている。

「そいつは気の毒にな……」

長次は、主の修理太夫に同情した。

「だけど、側室のお美代《みよ》さまが大きな顔をしているお屋敷だ。下の姫さまと若さまは堪《たま》ったもんじゃあねえさ」

おそらく佐奈子と弟の嫡男は、側室のお美代とそりが合わないのだ。

佐奈子の駆け落ちと若さまの女遊びの原因は、側室のお美代との関わりにもあるのかも知れない。

「その側室のお美代さまにも子供がいるんだな」

「ああ。十歳になる修二郎《しゅうじろう》さまって方だぜ」

「十歳の修二郎さまねえ……」

長次は眉をひそめた。


隅田川には様々な船が行き交っていた。

平八郎と佐奈子は、山谷堀沿いの日本堤を浅草新鳥越町《しんとりごえまち》に来た。そして、純之助を乗せた猪牙舟を探し、船宿を尋ね歩いた。

純之助を乗せた猪牙舟は、新鳥越町の船宿『千鳥《ちどり》』のものだった。だが、船宿『千鳥』に純之助と派手な半纏を着た男はいなかった。

平八郎と佐奈子は、猪牙舟の船頭に純之助たちの行方《ゆくえ》を尋ねた。

「さあ。船着場を下りて広小路の方に行きましたが……」

「広小路か……」

浅草広小路の賑わいは尋常ではなく、純之助を見つけ出すのは容易《ようい》ではない。

「ところで若い侍と派手な半纏を着た野郎、今日が初めての客かな」

「いえ。時々、吉原まで……」

船頭は、純之助と派手な半纏の男を吉原まで乗せたことがあった。

「派手な半纏を着た男、何処の誰か知っているかな」

「確か遊び人の寅五郎《とらごろう》っていいましたか、花川戸の一膳飯屋で見掛けたことがありますよ」

「その一膳飯屋の場所、詳しく教えてくれ」

純之助は、遊び人の寅五郎と一緒にいるはずだ……。

平八郎は、派手な半纏の男・寅五郎から純之助の行方を追おうと考えた。

佐奈子は、平八郎の考えに同意した。

「では、急ぎ花川戸の一膳飯屋とやらに参りましょう」

佐奈子は、微《かす》かな焦りを窺わせた。

「その前に佐奈子さん……」

「は、はい」

佐奈子は戸惑いを過らせた。

「花魁の夕霧太夫に逢いたかったのは、弟の純之助どのを探すためでしたか……」

平八郎は、佐奈子に厳しい眼差《まなざ》しを向けた。

「矢吹さま……」

佐奈子は項垂れた。

「大身旗本のご実家に関わることなのでしょうが、経緯を詳しく教えて頂かなければ、私も動きようがありません」

「はい……」

佐奈子は、大きな眼に哀しみを滲ませて頷いた。後《おく》れ毛が隅田川から吹く川風に微かに揺れた。

三

金龍山《きんりゅうざん》浅草寺の境内は、参拝客や見物客で賑わっていた。

平八郎と佐奈子は、浅草寺門前の茶店の座敷に落ち着いた。

「それでご実家は……」

平八郎は促した。

「はい。直参《じきさん》旗本の酒井家にございます……」

佐奈子は、三千石取りの直参旗本の酒井修理太夫の次女だと告げた。

「八歳年上の姉はすでに嫁ぎ、屋敷には私と五歳下の弟の純之助。それに、父の側室が産んだ末の弟がおります。側室のお美代どのは、父の寵愛《ちょうあい》を良いことに私と弟の純之助を何かと邪魔にして……」

佐奈子は悔しさを滲ませた。

「それで、日下左京介どのと駆け落ちをしたのですか……」

「それもないとは申しませぬ」

佐奈子は苦笑した。

「では……」

「駆け落ちの主な訳は、父が日下左京介に嫁ぐのを許してくれなかったからです」

「日下どのは、医術を修行中でしたね」

「はい。小石川《こいしかわ》の真行寺《しんぎょうじ》の家作に住み、町医者をしながら医術を学んでおります」

佐奈子の夫である日下左京介は、小石川の寺の家作に暮らし、医術を学んでいる浪人なのだ。

「それにしても、大身旗本の姫さまが浪人と駆け落ちとは、良くやりましたね」

平八郎は感心した。

「日下は貧乏な浪人ですが、人としての誇りと優しさに溢れています。貧乏な患者からは治療費を取らず、暇な時は養生所に手伝いに行き、いつか長崎に蘭法の修行に行きたいと願っているんです。私はそんな日下左京介が好きなのです」

佐奈子に身分や貧富は関わりなかった。関わりがあるのは、人としての矜持《きょうじ》があるかどうかと、その生き方だけなのだ。だが、父親の酒井修理太夫と世間は違った。佐奈子は己の意志を貫き、日下左京介と駆け落ちした。そこには、弟の純之助と婆やの澄江の力添えがあった。そして一年が過ぎ、澄江が小石川の佐奈子を訪れ、弟の純之助の行状を訴えた。

純之助は、吉原の花魁の夕霧太夫に通い詰めて屋敷に戻らなくなった。そして、父親の修理太夫は、純之助を廃嫡して次男の修二郎に家督《かとく》を継がせようと考え始めた。

佐奈子は、純之助の花魁狂いが信じられなかった。

修二郎が家督を継いだら、酒井家は側室のお美代のものになる。

冗談ではない……。

いずれにしろ、酒井家と純之助の一大事なのだ。

佐奈子は、純之助を探し出して屋敷に連れ戻すために人を雇った。それが、平八郎だった。

「成る程、そいつは一大事ですね」

平八郎は佐奈子に同情した。

「はい……」

佐奈子は頷いた。

純之助の吉原通いの背後には、何者かの悪意が潜んでいる……。

平八郎の勘が囁《ささや》いた。

「分かりました。とにかく純之助どのの居場所、探り出しましょう」

花川戸町の一膳飯屋で遊び人の寅五郎の素姓や家を調べ、それから純之助の居場所を割り出す。

今のところ、手立てはそれしかない……。

平八郎は、佐奈子を連れて花川戸町に急いだ。

酒井屋敷は静寂に包まれていた。

長次は、斜向かいの旗本屋敷の中間部屋の窓から見張り続けていた。

羽織袴の中年の武士が、酒井屋敷から出て来た。そして、鋭い眼差しで辺りを見廻した。

長次は思わず隠れた。

中年の武士は神田川の方に向かって行く。

「誰だい」

長次は中間頭に尋ねた。

「あいつは側室のお美代さまの兄貴だ」

「お美代さまの兄貴……」

長次は眉をひそめた。

「ああ。氷川精一郎《ひかわせいいちろう》って御家人だ」

長次は、氷川精一郎に徒《ただ》ならぬものを感じた。

「よし……」

長次は、斜向かいの旗本屋敷を出て氷川精一郎を追った。

氷川精一郎は、武家屋敷街を神田川に向かっていた。

長次は尾行した。

浅草花川戸町は浅草寺と隅田川の間に位置している。

新鳥越町の船宿『千鳥』の船頭が教えてくれた一膳飯屋はすぐに分かった。

平八郎は、佐奈子を伴って暖簾《のれん》を潜った。

「いらっしゃい……」

店に客はいなく、店主の親父が無愛想に迎えた。

「すまないが、飯を食べに来たわけじゃあないんだ」

平八郎は告げた。

「じゃあ、何しに来たんだい」

親父は眉をひそめた。

佐奈子は、平八郎と親父の遣《や》り取りを緊張した面持ちで見守った。

「寅五郎って遊び人、知っているかな」

平八郎は、一朱銀を飯台に置いた。一朱は十六分の一両であり、庶民には大金だ。

親父の眼に狡猾さが過った。

「家は何処かな……」

「そいつは……」

親父は、一朱銀に手を伸ばした。平八郎は、遮るように一朱銀を押さえた。

親父は平八郎を睨み付けた。

平八郎は笑った。

「寅五郎の家は何処だ……」

「今戸の藤兵衛《とうべえ》長屋だ」

「寅五郎、どんな奴だ」

平八郎は、一朱銀を掌で押さえたまま尋ね続けた。

「半端な博奕打ちでな。大店の若旦那や旗本の若さまに取り巻き、たかっている薄汚い蝿のような野郎だぜ」

親父は嘲笑を浮かべた。

「嫌いなのか、寅五郎……」

平八郎は苦笑した。

「金払いの悪い奴でな」

「最後にもう一つ。近頃、寅五郎は若い侍を連れて来なかったかな」

平八郎は、飯台の上の一朱銀から手を退けた。親父は、素早く一朱銀を握り締めた。

「ああ。連れて来たぜ。旗本の若さまだって触れ込みでな。寅五郎にいいようにたかられていたぜ」

佐奈子は眉をひそめた。

「寅五郎、浪人の仲間もいるようだな」

「ああ。金で何でもやる野良犬のような奴らばかりな」

「浪人どもに頭はいるのか……」

「いるはずだが、そこまでは詳しく知らねえな」

親父は、一朱銀を取り戻されるのを警戒するように懐に入れた。

今戸町は花川戸町に近い。

平八郎と佐奈子は、今戸町の藤兵衛長屋に向かった。


氷川精一郎は、神田川に架かる水道橋を渡り、湯島天神に向かっていた。

長次は、慎重に尾行を続けた。

氷川は、湯島天神門前町の盛り場に入り、蕎麦屋の暖簾を潜った。

長次は間を置いて続いた。

氷川は、蕎麦屋の奥で浪人と酒を飲んでいた。浪人は、山谷堀の船着場で平八郎に叩きのめされた男だった。

長次は、氷川と浪人の近くに座ってせいろ蕎麦を注文した。

「姉だと……」

氷川の怪訝《けげん》な声がした。

長次は耳を澄ました。

「ええ……」

浪人は頷いた。

「姉が腕の立つ妙な浪人と一緒に吉原にいたのか」

「はい……」

浪人は頷いた。

姉は佐奈子で、腕の立つ妙な浪人は平八郎なのか……。

長次は思いを巡らせた。

「で、島田《しまだ》。奴は今、何処にいる」

氷川は、厳しい声音で島田と呼んだ浪人に問い質《ただ》した。

「道場に……」

「そうか……」

「これからどうします」

浪人の島田は、氷川の猪口に酒を満たしながらその顔を窺った。

「自滅するのを待っていたが、そうもいかぬようだな」

氷川は、冷笑を浮かべて猪口の酒を飲み干した。

「お待たせしました」

長次の許にせいろ蕎麦が運ばれた。

長居すれば怪しまれる……。

長次は、せいろ蕎麦を啜って蕎麦屋を出た。


今戸町には瓦や素焼きの土器を焼く竈《かまど》の煙が立ち昇っていた。

遊び人の寅五郎の住む藤兵衛長屋は、裏通りの奥にあった。

平八郎は、井戸端で洗い物をしていたおかみさんに寅五郎の家を尋ねた。おかみさんは一軒の家を指差した。

平八郎は、佐奈子を木戸口に待たせて寅五郎の家の様子を窺った。

酒の臭いが微かに漂い、人のいる気配がした。

平八郎は、木戸口で待っている佐奈子の許に戻った。

「純之助は……」

佐奈子は、心配げな眼を平八郎に向けた。

「純之助どのかどうかは分かりませんが、人はいます。これから踏み込みますが、純之助どのがいたらお願いします」

「はい。お任せ下さい」

佐奈子は頷いた、

「では……」

平八郎は、寅五郎の家の腰高障子を叩いた。

「誰だ。開いているぜ」

寅五郎の怒鳴り声が聞こえた。

平八郎は佐奈子を一瞥した。佐奈子は、緊張した面持ちで頷いた。

次の瞬間、平八郎は腰高障子を開けた。

「何だ、手前」

酒を飲んでいた寅五郎が驚き、平八郎に欠け茶碗を投げ付けてきた。欠け茶碗の中の酒が飛び散った。

平八郎は、欠け茶碗を躱して寅五郎を蹴り上げた。寅五郎は、仰向けに飛ばされて壁に叩きつけられた。安普請の長屋が揺れ、薄い壁がぼろぼろと崩れた。そして、隣近所のおかみさんの驚く声が聞こえ、佐奈子が入って来た。

家の中には、寅五郎の他に誰もいなかった。

平八郎は、寅五郎の胸元を鷲掴《わしづか》みにして引きずりあげた。

寅五郎は、顔を歪《ゆが》めて怯えた。

「吉原で一緒だった若い侍はどうした」

「し、島田の旦那と本郷《ほんごう》の道場に戻った……」

寅五郎は声を引き攣《つ》らせた。

「本郷の道場……」

「へい。剣術道場で島田の旦那たちの溜まり場です」

「島田の旦那ってのは、吉原で俺たちの邪魔をした浪人か」

「へい……」

浪人の島田は、平八郎に投げ飛ばされた後、日本堤を新鳥越町の船着場に走り、純之助や寅五郎と合流したのだ。そして、寅五郎と別れ、純之助を連れて本郷の剣術道場に行った。寅五郎の役目は、おそらく吉原や賭場への案内だけなのだ。

「その剣術道場に純之助はいるんですね」

佐奈子は念を押した。

「へい。怖い姉ちゃんですか……」

寅五郎は、佐奈子を見て追従笑いをした。おそらく、純之助が佐奈子を畏《おそ》れているのを知ってのことだ。

「お黙りなさい」

佐奈子は、寅五郎の頬を平手打ちにした。

乾いた音が鳴り響いた。

寅五郎は、佐奈子の素早さに呆気に取られた。

「何をしてんだ」

戸口で厳しい声がした。

平八郎は戸口を振り返った。

岡っ引の駒形の伊佐吉が、下っ引の亀吉を従えて戸口にいた。

長屋のおかみさんが、寅五郎の家の騒ぎを自身番に報《しら》せた。そして、運良く伊佐吉と亀吉に出逢ったのかも知れない。

ついている……。

平八郎は密かに喜んだ。

「やあ、親分……」

平八郎は笑った。

「何だ。平八郎さんか……」

伊佐吉と亀吉は戸惑いを浮かべた。

「丁度良かった……」

「何の騒ぎですかい」

伊佐吉は眉をひそめた。

平八郎は、伊佐吉と亀吉に佐奈子を引き合わせ、事の次第を手短に説明した。

「分かりました。そういうことなら寅五郎の野郎は、あっしが預かりますぜ」

「親分、そんな……」

寅五郎は慌てた。

「煩《うる》せえ。寅五郎、手前の云ったことが本当だと分かれば、すぐに放免してやるぜ」

伊佐吉は冷たく笑った。

平八郎は、寅五郎を伊佐吉に預け、佐奈子と共に本郷に急いだ。

四半刻が過ぎた。

氷川精一郎は、浪人の島田と共に蕎麦屋を出て本郷に向かった。

長次は追った。

氷川精一郎は、何かが自滅するのを待っていた。だが、そうもいかなくなり、何かをするつもりなのだ。

その何かとは……。

長次は、慎重に尾行した。


剣術の町道場は本郷菊坂《きくざか》にあった。

平八郎は、古い町道場の様子を窺った。

町道場に剣術の稽古をしている様子はなく、すでに流派の看板もなかった。そして、道場の奥の部屋に数人の男たちのいる気配がした。

「純之助、本当に此処にいるのでしょうか」

佐奈子は、心配げに眉をひそめた。

「きっと……」

平八郎は頷いた。

「純之助……」

佐奈子の顔には、純之助に対する哀《あわ》れみと後悔が滲んだ。

平八郎は、弟の純之助を心配する佐奈子の姉の気持ちを垣間見た。

四

本郷菊坂の剣術の町道場の静けさは続いた。

平八郎は、周囲に聞き込みを掛けた。

道場はすでに剣術の道場ではなく、浪人たちの溜まり場になっていた。浪人たちは常に三、四人おり、酒を飲んでは小博奕などをしていた。そして近頃、身なりの良い若い侍が出入りし始めたのを聞き出した。

酒井純之助だ……。

平八郎の勘が囁いた。

「純之助もその仲間なんですか……」

佐奈子は心配げに道場を窺った。

「仲間かどうかは分かりませんが、一緒にいるのは確かでしょう」

平八郎は睨んだ。

「純之助、どうして……」

佐奈子は哀しげに眉を寄せた。

「さあ、そいつは本人に訊くしかありませんよ」

「私が駆け落ちしていなくなり、屋敷にいづらくなったのなら、私のせいかも知れません」

佐奈子は己を責めた。

「とにかく行ってみましょう」

平八郎は、佐奈子を促して道場に向かおうとした。その時、二人の武士がやって来た。

平八郎は、咄嗟《とっさ》に佐奈子を連れて物陰に潜んだ。二人の武士は、浪人の島田と氷川精一郎だった。

「島田ですよ」

「もう一人は氷川精一郎です……」

佐奈子は声を潜めた。

「氷川精一郎……」

平八郎は戸惑った。

「はい。お美代どのの兄上で、百石取りの御家人です」

佐奈子は、大きな眼に嫌悪感《けんおかん》を滲ませた。

「なんですって……」

平八郎は眉をひそめた。

純之助放蕩《ほうとう》には、酒井修理太夫の側室お美代の兄の氷川精一郎が絡んでいた。

平八郎は緊張した。

「平八郎さん……」

長次が現れ、佐奈子に会釈《えしやく》をした。佐奈子は、怪訝な面持ちで会釈を返した。

「長次さん……」

「今の野郎どもを追って来ましてね」

長次は、佐奈子を一瞥した。

「おお、佐奈子さん、こちらは長次さんといって伊佐吉親分の身内でしてね。いろいろ手伝って貰っています」

平八郎は、長次と佐奈子を引き合わせた。

長次は、平八郎がすでに佐奈子や氷川精一郎の素姓を知っているのに気付いた。

「それより平八郎さん。氷川精一郎、誰かが自滅するのを待っていたが、そうもいかないと云ってここに来たんですぜ」

「自滅を待っていられない……」

平八郎は困惑した。

「ええ……」

長次は、眉をひそめて頷いた。

「あの、ひょっとしたら純之助のことではないでしょうか」

佐奈子は、微かな怯えを過らせた。

「純之助どの……」

平八郎は思いを巡らせた。

純之助が自滅すれば、酒井家の家督はお美代の子の修二郎が継ぐ。そうなれば、お美代は無論、兄の氷川精一郎も今以上の立場を得ることが出来る。

氷川はそう目論見《もくろみ》、吉原通いを始めとした遊びに純之助を引きずり込んだ。そして、父親の修理太夫が勘当するのを待った。しかし、姉の佐奈子が探し始めた。

純之助は、姉の佐奈子を誰よりも信じて頼り、仲が良いだけ畏れてもいる。その佐奈子に一喝されると、純之助はすぐに元の純之助に戻るのに決まっている。

最早、純之助の自滅を待つより、亡き者にした方が良いのだ。

氷川はそう考えた……。

平八郎は読んだ。

氷川は、純之助を殺そうとしている……。

「佐奈子さん、純之助どのが危ない」

「純之助が……」

佐奈子は愕然《がくぜん》とした。

「ええ。長次さん、私は裏口から踏み込みます。正面を頼みます」

「承知……」

平八郎は道場の裏手に走った。長次は懐から十手を出し、佐奈子は懐剣の柄を握り締めた。


道場の台所は、薄暗く湿った臭いが満ち溢れていた。

平八郎は、台所の隅に転がっていた木刀を拾って一振りした。

空を切る音が鋭く鳴った。

平八郎は、木刀を手にして奥の部屋に忍び寄った。そして、板戸を開けた。

氷川精一郎と島田たち浪人は驚き、茶碗酒を手にしたまま弾かれたように立ち上がった。

平八郎は、素早く部屋の中を見廻した。

氷川精一郎、島田と三人の浪人、そして縛られ猿轡《さるぐつわ》を噛まされた純之助が隅にいた。

平八郎は、一瞬で情況を見て取った。

「何だ手前……」

浪人の一人が、猛然と平八郎に斬り付けてきた。

平八郎は木刀を唸らせた。

骨を打つ乾いた音が鳴り、斬り付けた浪人は脚を奇妙な形に折り曲げ、悲鳴をあげて倒れた。浪人は脚の骨を折られたのだ。

「おのれ」

残る二人の浪人が、平八郎に襲い掛かってきた。

平八郎は、木刀を無造作に振り下ろし、横薙《よこな》ぎに払った。一人の浪人の肩が砕かれ、もう一人の浪人の腕がへし折られた。

氷川は、島田を平八郎に向けて突き飛ばし、純之助を突き刺そうとした。刹那、平八郎は島田を躱して木刀を氷川に投げ付けた。木刀は氷川の顔面を襲った。氷川は辛うじて木刀を躱し、身を翻して道場に逃げた。平八郎は、島田を殴り倒して氷川を追った。


平八郎は、氷川を追って道場に出た。

氷川は、すでに道場から逃げ出していた。

佐奈子が道場に入って来た。

「佐奈子さん……」

「氷川は長次さんが追いました」

「そうですか……」

長次は、必ず行き先を突き止めて来る。

「それで純之助は……」

佐奈子は眉を曇らせた。

「無事ですよ。今、連れて来ます」

平八郎は奥の部屋に戻った。

平八郎は、縛られている純之助の猿轡を外した。

純之助は、平八郎に怯えた眼差しを向けた。

「酒井純之助だな」

「は、はい……」

純之助は、躊躇うように頷いた。

「姉上が来てくれているぞ」

「えっ……」

純之助は驚いた。

「さあ……」

平八郎は、純之助を道場に促した。

「はあ……」

純之助は、今にも泣き出さんばかりに顔を歪めた。


「純之助……」

佐奈子は、大きな眼を輝かせた。

「姉上……」

純之助は、佐奈子に縋《すが》る眼差しを向けた。

「無事で良かった……」

佐奈子は満面に安堵を浮かべた。

「はい……」

純之助は甘えた声を出した。刹那、佐奈子の平手打ちが純之助の頬に飛んだ。

平八郎は思わず眼を瞑《つむ》った。

頬を打つ小気味良い音が古い道場に響き渡った。

良い音だ……。

平八郎は心地良く聞いた。

純之助は、張り飛ばされた頬を押さえて凍《い》てついた。

「しっかりしなさい、純之助。お前は酒井家の家督を継ぐ嫡男なんですよ。それが、得体の知れぬ浪人どもと遊び歩き、吉原の花魁に現《うつつ》を抜かすとは許せません」

佐奈子は厳しく叱った。

「で、ですが姉上、氷川が……」

純之助は涙声になった。

「お黙りなさい。たとえ氷川精一郎に言葉巧みに誘われたとしても、直参旗本酒井家の嫡男としての矜持と見識があれば、事の善悪は考えるまでもありません。それなのに氷川の誘いにまんまと乗り、父上の勘気を受けて廃嫡寸前……」

佐奈子は怒りを露わにした。

「廃嫡……」

純之助は戸惑いをみせた。

「そうです。父上はお前を廃嫡して修二郎に家督を継がせようとしているのです」

「本当ですか……」

純之助は呆気にとられた。

「何を暢気《のんき》なことを。ですから修二郎の伯父、お美代の兄の氷川精一郎がお前を誑《たぶら》かし、放蕩息子に仕立てあげたのです」

佐奈子は苛立った。

「それで氷川は先程、私を殺そうとしたのですか……」

純之助は、ようやく己の置かれた立場に気が付いた。

「情けない」

佐奈子の苛立ちは募《つの》った。

「姉上、ご心配を掛けて申し訳ありません」

純之助は、佐奈子に手を突いて謝った。

「もう……」

佐奈子の苛立ちは治まらなかった。

そこには、貧乏浪人の妻と大身旗本の嫡男という立場に関わりのない、しっかり者の姉と甘ったれの弟がいるだけだった。

平八郎は苦笑した。

「佐奈子さん、説教はそれぐらいにしましょう」

「は、はい。お恥ずかしいところをお眼に掛けました」

佐奈子は我に返り、顔を赤く染めた。

平八郎は、佐奈子と純之助を伴って本郷菊坂の町道場を後にした。

陽は西に傾き始めていた。


駿河台の酒井屋敷は夕暮れに覆われていた。

平八郎と佐奈子は、純之助を屋敷に送った。

「さあ、純之助。お前はこの屋敷の後継なのです。胸を張って戻り、父上にご挨拶をしなさい」

佐奈子は云い聞かせた。

「ですが姉上、父上が怒っていたら……」

純之助は、気弱な顔を覗かせた。

「その時は……」

佐奈子は、困惑したように口籠もった。

「その時は、酒井家に巣くう獅子身中《しししんちゅう》の虫を炙《あぶ》り出すため、仕方なくやったのだとするのです。そして、何もかも側室のお美代どのと氷川精一郎の企みを暴くためだと、ありのままを告げれば良いでしょう」

平八郎は笑った。

「そうです。矢吹さまの仰る通りです。良いですね、純之助。お前は、酒井家の獅子身中の虫を炙り出すために放蕩を装《よそお》ったのです」

「は、はい……」

純之助は頷いた。

「では、胸を張って帰りなさい」

佐奈子は命じた。

「はい……」

純之助は、佐奈子に頭を下げた。

「矢吹さま、ご造作をお掛けしました」

純之助は、気弱な笑みを浮かべて平八郎に深々と頭を下げた。

「うん……」

平八郎は、励ますように頷いた。

純之助は、酒井屋敷に帰って行った。

佐奈子は心配げに見送った。

「さあて、後は氷川精一郎の始末ですね」

「はい……」

佐奈子は、眉をひそめて頷いた。

「平八郎さん……」

長次がやって来た。

「長次さん。どうでした……」

「氷川精一郎、練塀小路《ねりべいこうじ》の組屋敷に戻りましたよ」

「そうですか。どうします、佐奈子さん」

氷川を成敗するのも目付に訴えるのも、佐奈子次第だ。

「矢吹さま、事を荒立てれば酒井家も只ではすみません。氷川もこれに懲《こ》りて悪巧みは止めるでしょう。しばらく様子を見ます」

「それがいいでしょうね」

平八郎は同意し、長次も頷いた。

一日一分の仕事は終わった。


佐奈子は、夕暮れの町を日下左京介が待つ家に帰って行った。

賢くて行動力のある姉を持つ弟は辛い。だが、ありがたいのも事実である……。

平八郎は、長次と一緒に伊佐吉の許に急いだ。

鰻の蒲焼の香りが、不意に平八郎の鼻先を過った。

# 第四話　果し状

# 一

木戸口の古い地蔵の頭は、後光が射しているかのように眩しく光り輝いていた。

平八郎は、地蔵に手を合わせた。

「どうか、給金の良い仕事が残っていますように……」

そして、地蔵の頭をひと撫でして木戸口を出て行った。

地蔵の頭は一段と光り輝いた。


口入屋『萬屋』は、すでに仕事の周旋を終えていた。

遅かった……。

平八郎は肩を落とした。

今日は家で一日寝て過ごすか、駿河台の剣術道場『撃剣館』に行って内弟子の飯を分けて貰うしかない。

平八郎は、吐息を洩らして踵《きびす》を返した。

「平八郎さん……」

『萬屋』から主の万吉が狸面を覗かせた。

「やあ……」

「どうです。お茶でも……」

万吉は、狸面を不気味にほころばせて誘った。

平八郎は思わず身構えた。

万吉が笑顔を見せる時はろくな話はない。

「美味い大福もありますよ」

万吉の誘いは、朝飯を食べていない空《す》きっ腹を思い出させた。だが、茶に団子や大福が付く時は、危ない仕事と相場が決まっている。

「う、うん……」

平八郎は迷い躊躇った。だが、迷いも躊躇いも、空腹と大福の魅力には敵《かな》わなかった。

大福は美味かった。

平八郎の空きっ腹は落ち着いた。

「それで、どんな仕事です」

平八郎は茶を飲み干した。

「それが、知り合いの御家人の旦那が、果し合いを申し込まれましてね」

万吉は狸面を心配げに歪めた。

「果し合い……」

平八郎は戸惑った。

「ええ……」

「果し合いとは、今時珍しい話だな」

平八郎は感心した。

「珍しいかどうか分かりませんが、その旦那、剣術の心得がありませんでしてね」

「心得がないって。直参の御家人ならまったくないわけでもないでしょう」

平八郎は眉をひそめた。

「それが、その御家人の旦那、元は米問屋の倅でしてね。五年前に御家人株を買ってお侍になったんですよ」

〝御家人株の売買〟とは、御家人が家格を売ることをいった。売るといっても、金に困窮《こんきゅう》した御家人が、多額の持参金を持った町人などを養子に迎えて〝先祖代々の家格〟を譲り渡すのだ。売買価格は数十両とも数百両ともいわれたが、その家格によったものとされた。

「ほう、元は米問屋の倅ですか……」

「ええ。ですから算盤《そろばん》と帳簿付けは達者なのですが、剣術の方はどうにも……」

万吉は眉をひそめた。

「果し合いを申し込んで来たのは、どういう奴なんですか」

「やはり御家人で、同じ作事方勘定役《さくじかたかんじようやく》の方だそうです」

「ほう。同じ作事方勘定役ですか……」

作事方とは、殿舎や寺社などを造ったり修理をする役目であり、勘定役は掛かった金子《きんす》の出し入れをする下役人だった。

「それにしても何故、その同僚、果し合いを申し込んだのですか」

「さあ、そこまでは……」

万吉は首を捻った。

「で、私に何をしろと……」

平八郎は尋ねた。

「それなんですがね。武士として恥ずかしくない死に方をしたいので、そいつを教えて貰いたいと……」

「そりゃあ駄目ですよ」

平八郎はあっさり断った。

「平八郎さん……」

万吉は戸惑った。

「私は、剣術の修行はしていますが、死に方の修行はしていません。それに、他人に死に方を教えるほど悟りを開いているわけでもない若造です。死に方を教えるなんて……」

「じゃあ、生き延び方なら教えられますか」

万吉は膝を進めた。

「そいつは、まあ……」

「でしたら、そいつを教えてやって下さい」

「えっ……」

平八郎は戸惑った。

「御家人の旦那に武士として恥ずかしくない死に方より、生き延び方を教えてやって下さい。一日一朱で如何ですか……」

「一日一朱……」

「はい」

「一朱ねえ……」

一朱は十六分の一両であり、平八郎にとっては大金だ。

「ええ……」

「よし、引き受けた」

平八郎は、大福に続いて金にもあっさりと負けた。


下谷練塀小路には下級旗本や御家人の組屋敷が並び、行商人の物売りの声が長閑に響いていた。

平八郎は、村田庄助《むらたしょうすけ》の組屋敷を探した。

村田庄助は、両国の米問屋『井筒屋《いづつや》』の三男坊であり、父親の庄左衛門《しょうざえもん》は庄助に御家人株を買い与えた。庄助は、村田家の養子となって家督を継いだ。庄助の養父となった村田家の先代は、御家人株を売って得た五十両の金子を持って老妻と立ち退いた。以来、庄助は米問屋『井筒屋』の老下男を呼び寄せ、組屋敷で暮らしていた。

村田家は見つかった。

「御免……」

平八郎は、木戸門を潜って玄関に佇んだ。

玄関先の前庭は綺麗に掃除が行き届いていた。それは、主の村田庄助と老下男の性格をあらわすものだった。

「御免、何方《どなた》かいらっしゃいますか」

平八郎は屋敷の奥に叫んだ。

普通、御家人が暮らす組屋敷は、座敷が四間と板の間の台所と納戸があるくらいで、決して広くはない。

平八郎の声は奥まで届いているはずだ。

「お待たせ致しました。どちらさまにございましょうか」

屋敷の台所から老下男が、水仕事でもしていたのか濡れた手を拭きながら庭伝いに現れた。

「私は明神下の萬屋から来た矢吹平八郎と申す者だが、村田庄助どのはおいでかな」

「は、はい。少々お待ち下さい」

老下男は、慌てた様子で庭に立ち去った。そして、庭から老下男と平八郎と同じ年頃の武士がやって来た。

「これはこれは、矢吹どのと申されますか、私が村田庄助にございます」

村田庄助は、生真面目な挨拶をした。

「矢吹平八郎です。これが萬屋万吉さんの口利き状です」

平八郎は、万吉の書いた口利き状を村田に差し出した。

「ま、お入り下さい。喜助《きすけ》、茶をな」

「畏まりました」

村田は、老下男の喜助に命じ、平八郎を奥の座敷に案内した。

屋敷の中は隅々まで掃除がされており、爽やかな微風が静かに吹き抜けていた。部屋は元大店の若旦那とは思えないほどの質素さであり、庄助の地味で穏やかな性格をあらわしていた。

村田は、万吉の口利き状を読み終えた。

「わざわざお越し戴き、かたじけのうございます」

村田は深々と頭を下げた。

「いいえ。ざっとの事情は萬屋の万吉さんに聞きましたが、果し合いとは穏やかじゃあないですね」

平八郎は眉をひそめた。

「はい。何故か良く分からないのですが、御同役から果し状を突きつけられましてね」

「果し合いはいつですか……」

「三日後です」

「では、先ずはその果し状を見せて下さい」

「はい……」

村田は、奥の座敷に行って手文庫から一通の書状を出して来た。

「失礼します」

「どうぞ……」

平八郎は、村田に断って果し状を読んだ。

果し状には、日頃の遺恨を晴らしたく果し合いを申し込むと綴《つづ》られ、その日時と場所、最後に桑原源蔵《くわばらげんぞう》と書き記されていた。

「桑原源蔵ですか……」

村田庄助に果し状を突きつけたのは、桑原源蔵という名の御家人だった。

「はい」

村田は頷いた。

「遺恨に心当たりは……」

「ございません」

「ありませんか……」

「はい」

村田庄助に遺恨がなくても、桑原源蔵にはあるのかもしれない。

「どうぞ……」

老下男の喜助が茶を差し出した。

「戴きます」

平八郎は茶を啜った。喜助は、心配げに襖《ふすま》の前に控えた。

「で、桑原源蔵、どのような者ですか」

「古参の作事方勘定役でして、上役の下奉行より出入りの材木商や大工などに顔の利く方です」

「ほう……」

胡散《うさん》臭い奴……。

平八郎の勘が囁いた。

「果し状を突きつけたところを見ると、剣にはかなりの自信があるんでしょうね」

「はい。聞くところによると小野《おの》派一刀《いっとう》流の使い手だそうです」

「小野派一刀流ですか……」

「はい……」

村田は、悄然《しょうぜん》と項垂れた。

老下男の喜助が鼻水を啜った。

小野派一刀流は、小野次郎右衛門忠明《じろうえもんただあき》を祖とし、柳生《やぎゅう》新陰流と共に将軍家に召抱えられた流派だった。

桑原源蔵がどれ程の使い手かは知れぬが、小野派一刀流を修行したとなると、村田庄助に勝ち目はない。

「それで矢吹どの、武士として恥ずかしくない死に方をお教え戴きたいのです」

村田は平八郎に頼んだ。

「武士として恥ずかしくない死に方をするには、死を静かに受け入れればいいのだと聞いています」

「死を静かに受け入れる……」

「ええ……」

「ですが、静かに受け入れるなど……」

村田は怯えを過らせた。

「村田さんは抜き身を振り廻したことがありますか……」

「いいえ。勿論《もちろん》、武士として刀は持っておりますが、抜いたことはございません」

「ならば、抜くのです」

「抜く……」

村田は戸惑った。

「ええ。刀を抜いてその輝きを見つめるのです」

「輝きを見つめる……」

「刀への恐ろしさが消え、その輝きが美しいと思えるまで……」

「美しいと思えるまで……」

「左様、刀の輝きが美しいと思って斬られれば、その顔は決して恐ろしさに醜く歪んではいないでしょう」

平八郎は、安心させるように微笑んだ。

「成る程。分かりました」

「それに、抜き身で素振りをするのです」

「抜き身で素振り……」

「ええ。大上段に構え、真っ直ぐ真下に……」

平八郎は、庭に降りて刀を抜き、刀を大上段から真っ向に斬り下げて見せた。

「眼を瞑り、これだけを繰り返すのです」

「はい……」

村田は、喉を鳴らして頷いた。

「では、やってご覧なさい」

「はい」

村田は庭に降り、慣れない手つきで刀を抜き、眼を瞑って大上段に構えた。恐ろしげに腰を引き、刀の切っ先は小刻みに震えた。

「もっと胸を張って大きく構えるのです」

平八郎は厳しく指示した。

「はい……」

村田は、平八郎に云われた通りに胸を張り、刀を大きく大上段に構えた。

「斬り下げなさい」

村田は、平八郎に云われるままに刀を斬り下げた。腕の先で円を描いた。

「もう一度、構えて……」

「はい」

村田は構えた。

「そして、腰を入れて斬るのです」

村田は、身体を沈めるように刀を斬り下ろした。

「出来るだけ速く」

平八郎は厳しく命じた。

村田は、平八郎の指示に素直に従った。

平八郎は、村田を刀に慣れさせようとした。

少しでも慣れれば、生き延びる機会も増えるはずだ。

「ところで桑原源蔵の組屋敷は何処ですか……」

「本所南割下水です」

平八郎は、桑原源蔵が村田庄助に果し合いを申し込んだ真意を探ることにした。


大川には様々な船が行き交っていた。

平八郎は、両国橋を渡って本所に入った。そして、回向院《えこういん》の傍を抜けて公儀の材木蔵である御竹蔵の前を南割下水に入った。南割下水は、この辺りが田畑であった頃の用水路であり、横川に続いていた。そして、一帯には旗本や御家人の組屋敷が並んでいた。

平八郎は、棒手振りの魚屋などの商人に桑原源蔵の組屋敷が何処か尋ね歩いた。桑原源蔵の組屋敷は、南割下水に架かる千歳橋《ちとせばし》の傍にあった。

桑原の組屋敷は、下谷練塀小路の村田の組屋敷と同じようなものだった。

平八郎は桑原の組屋敷を窺った。

組屋敷から男たちの笑い声が響いた。

平八郎は、素早く物陰に潜んだ。

大店の旦那風の初老の男が、着流しの中年男と一緒に出て来た。

「それでは桑原さま、何分にもよろしくお願い致します」

「うむ。心得た。任せておけ」

着流しの中年男は桑原源蔵であり、傲慢《ごうまん》な面持ちで頷いた。旦那風の初老の男は、腰を屈《かが》めながら立ち去って行った。

桑原源蔵は、鋭い面持ちで辺りを睥睨《へいげい》して組屋敷に入った。その後ろ姿に隙《すき》はなかった。

かなりの使い手……。

平八郎は微かな緊張を覚えた。

# 二

桑原源蔵は、村田庄助にどうして果し合いを申し入れたのか……。

平八郎は、桑原源蔵の身辺を調べた。

桑原源蔵には、果し合いを申し込み、その日が近づいた緊張感が窺えなかった。それは、町人あがりの村田庄助を侮《あなど》っている証でもあった。

平八郎は、桑原屋敷から出て来た小間物の行商人を呼び止め、回向院門前の蕎麦屋に誘った。

「すまないな。忙しいところを……」

平八郎は詫びた。

「いいえ。丁度、昼飯にしようかと思っていましたから……」

「それなら良いが、何でも食べたい物を注文してくれ」

「へい……」

小間物屋はせいろ蕎麦の大盛を頼んだ。平八郎は酒を取り、小間物屋に勧めた。

「少しぐらいなら、仕事に差し支《つか》えはないだろう」

「へ、へい。戴きます」

小間物屋は、猪口に満たされた酒を嬉しげに啜った。

「桑原さまのお屋敷では、奥さまがご贔屓《ひいき》なのかな」

「へい。奥さまの他に十七歳になるお嬢さまが、紅白粉《べにおしろい》や簪《かんざし》などをお買い上げ下さいます」

「こう申しては何だが、御家人の扶持米《ふちまい》では大変だろうな」

平八郎は、小間物屋の猪口に酒を満たした。

「畏れ入ります。手前もそう思いますが、奥方さまとお嬢さま、お金に糸目を付けずにお買い上げ下さいますよ」

小間物屋は、酒を啜りながら小さく笑った。小さな笑いには、まともな金ではないという含みがある。

「じゃあ……」

「噂ですけれど、多いらしいですよ。お役目での付け届けが……」

小間物屋は声を潜めた。

桑原源蔵は、作事に絡む業者の便宜《べんぎ》を図り、密かに賄賂《まいない》を貰っているのかも知れない。そして、その事実を村田庄助に気付かれたと思った。

村田庄助の口を塞《ふさ》ぐ……。

それ故、桑原源蔵は村田庄助に果し合いを申し込んだ。

平八郎は、筋書を読んでみた。だが、今ひとつ、釈然としないものを感じた。

小間物屋はせいろ蕎麦の大盛を食べ、平八郎に貰った小粒を握り締めて立ち去った。

平八郎は、南割下水に架かる千歳橋傍の桑原の組屋敷に戻った。

僅かな時が過ぎ、羽織袴姿の桑原源蔵が出て来た。

何処に行くのだ……。

平八郎は桑原源蔵を追った。

桑原源蔵は、御竹蔵《おたけぐら》の傍の通りに出て大川に向かった。

平八郎は慎重に尾行した。

大川沿いの道に出た桑原は、浅草に渡る吾妻橋の東詰を通り過ぎた。そして、源森《げんもり》橋《ばし》を渡って常陸国《ひたちのくに》水戸藩江戸下屋敷の前を通り、向島に入った。

桑原は、果し合いを間近に控えているとは思えぬ落ち着いた足取りで向島の土手道を進んだ。そして、延命寺《えんめいじ》・三囲《みめぐり》神社の傍の料理屋『平石《ひらいし》』に入った。

平八郎は見届けた。
桑原は料理屋『平石』で誰かと逢う……。
平八郎は、桑原が逢う相手が何者か確かめることにした。
夕陽は隅田川を染めて沈み始めた。
平八郎は、料理屋『平石』に探りを入れた。
下足番の老爺は、平八郎に胡散臭げな眼を向けるだけだった。
下手な探りは警戒を招く……。
平八郎は、下足番の老爺が抱く警戒が桑原に伝わるのを嫌った。
見張るしかない……。
平八郎は、三囲神社の境内に潜んだ。
向島の堤を灯りが揺れながら近づいて来た。
駕籠の提灯の灯りだ……。
平八郎は見守った。
町駕籠は提灯を揺らし、料理屋『平石』の前に停まった。
「お待たせしました」
駕籠舁が客の履物を揃え、駕籠の垂れをあげた。

御高祖頭巾を被った武家女が、町駕籠から降り立った。

女……。

平八郎は戸惑った。

桑原源蔵の逢う相手ではないのかも知れない……。

御高祖頭巾の武家女は、駕籠舁に酒手を払って料理屋『平石』に入った。

平八郎は、帰る町駕籠を呼び止め、御高祖頭巾の武家女を何処で乗せたのか念のために尋ねた。

下谷広小路の立場……。

駕籠舁は、平八郎を怪しみながら早々に答え、足早に立ち去った。

平八郎は、その後も三囲神社の境内に潜んで料理屋『平石』に来る客を見張った。

だが、桑原に逢いに来たと思われる客はいなかった。

延命寺の鐘が戌の刻五つ（午後八時）を告げた。

平八郎は見張りに疲れ、苛立ちを感じた。

下足番の老爺が、提灯を揺らして出掛け、町駕籠を伴って戻って来た。

帰る客を送る町駕籠だ……。

老爺は、隅田川に架かる吾妻橋の立場から呼んで来たのだ。

平八郎は見守った。

御高祖頭巾を被った武家女が、女将と共に料理屋『平石』から出て来た。そして、町駕籠に乗り、女将や下足番の老爺に見送られて向島の堤を帰って行った。

平八郎は見送った。

僅かな時が過ぎ、料理屋『平石』から桑原源蔵が出て来た。

誰かと逢ったのか、それともずっと一人でいたのか……。

桑原は、女将や仲居たちに見送られて料理屋『平石』を出た。

ようやく動ける……。

平八郎は、鎖を外された猟犬のように桑原を追った。


隅田川の水面には行き交う船の灯りが映えていた。

桑原は、向島の堤を吾妻橋に向かって進んだ。

本所南割下水の組屋敷に帰るのか……。

平八郎は慎重に追った。

桑原は、源森橋を渡って吾妻橋の東詰を通り過ぎて本所に入り、御竹蔵に向かった。そして、南割下水の組屋敷に帰った。

平八郎は見届けた。

桑原源蔵は、料理屋『平石』に何しに行ったのか……。

誰かと逢ったのか、それとも一人でいたのか……。

そして、それは村田庄助との果し合いと関わりがあるのか……。

平八郎は思いを巡らせた。


神田明神門前町の居酒屋『花や』は常連客で賑わっていた。

「いらっしゃい」

女将のおりんが平八郎を迎えた。

「やあ。酒を頼む」

「はい。お待ちかねですよ」

おりんは、店の隅を示した。

南町奉行所定町廻り同心の高村源吾《たかむらげんご》が一人で酒を飲んでいた。

「珍しいな……」

「ええ……」

高村源吾は、岡っ引の駒形の伊佐吉に手札を渡している同心であり、一緒に事件を追った仲だった。平八郎は、高村の許に行った。

「しばらくですね」

「やあ。来たかい……」

高村は、椀の蓋を平八郎に渡して徳利の酒を満たした。

「久し振りに顔が見たくなってね」

高村は、小さな笑みを浮かべて酒を飲んだ。

「わざわざ見に来るほどの顔でもないと思いますがね」

平八郎は、苦笑しながら酒を飲んだ。

「まあな。で、今、何をしているんだい」

「相変わらず、口入屋に仕事を世話して貰っていますよ」

「そいつは大変だな」

高村は、その日暮らしの平八郎に同情した。

「お待たせしました」

おりんが酒と肴を持って来た。

平八郎は、高村の猪口に新しい酒を満たした。

「そうだ、高村さん。作事方に知り合いはいませんかね」

平八郎は、職場での村田庄助と桑原源蔵の関わりや評判を知りたかった。

「作事方……」

高村は、平八郎に怪訝な眼差しを向けた。

「ええ……」

平八郎は手酌で酒を飲んだ。

「作事方がどうかしたのかい」

高村の眼に厳しさが過った。

「実は、作事方の勘定役が古参の同役から果し合いを申し込まれましてね」

「果し合い……」

高村は、思わず酒を噴き出しそうになった。

平八郎は笑った。

「果し合いって、本当の話か……」

高村は眉をひそめた。

「ええ……」

「今時、あるのかね。果し合いなんて……」

高村は、呆れたように酒を飲んだ。

「それで、申し込まれた者と申し込んだ者の関わり、詳しく知りたくなりましてね」

「勿論、お前さんは申し込まれた者の側だな」

高村は睨んだ。

「ええ。武士として恥ずかしくない死に方を教えてくれと、雇われましてね」

「武士として恥ずかしくない死に方……」

武士が武士として恥ずかしくない死に方とは、どういうことなのだ。

高村は戸惑った。

「ええ。雇い主、元米問屋の倅で御家人株を買いましてね」

「成る程、それで、武士として恥ずかしくない死に方か……」

「ええ。それで……」

平八郎は、詳しい経緯を話した。

「死に方より、生き延び方か……」

「ええ。私のような青二才が教えられるのは、それしかありませんよ」

「生き延び方、どんなのがあるんだい」

高村は興味津々で訊いた。

「一に逃げる。二に逃げる。三、四がなくて五に無様でも必死に闘う。ま、無様でも必死に闘えば、どんな死に方でも武士として恥ずかしくありません。六は……」

「おっ。六もあるのか……」

「ええ。最後の手段は、武士を辞めて元の米問屋の倅に戻ればいいのです。違いますか」

「いや。お前さんの云う通りだぜ。よし、知り合いが作事方にいる。村田庄助と桑原源蔵のこと、ちょいと訊いてみるぜ」

高村は引き受けた。

「ありがたい。そうして貰えますか」

「うん。それから桑原が向島の平石で逢った相手は、御高祖頭巾を被った武家の女なのかもしれねえな」

「そうだったかもしれません……」

平八郎は僅かに悔やんだ。

「女が平石に行った町駕籠は、下谷広小路の立場で雇ったんだな」

「ええ。帰りはおそらく吾妻橋の橋詰の立場で雇った町駕籠だと思います」

「よし。その辺を伊佐吉たちに探って貰おう」

「いいのですか……」

平八郎は、高村のあまりの乗り気に戸惑った。

「ああ。他に事件は抱えちゃあいないし、なんといっても近頃珍しい果し合いだ。どうなるのかねえ」

高村は楽しげに笑った。

平八郎は苦笑した。

居酒屋『花や』の賑わいは続き、平八郎と高村は酒を酌み交わした。


下谷練塀小路の組屋敷街は、役目に就いている者たちの出仕の時も過ぎて、静けさに覆われていた。

平八郎は、練塀小路を村田庄助の組屋敷に向かっていた。

村田の組屋敷の斜向かいの屋敷からお内儀が現れ、平八郎に小さな会釈をしながら出掛けて行った。

平八郎は会釈を返し、足早に出掛けて行くお内儀の後ろ姿を見送った。

見覚えのあるような、ないような……。

平八郎は気になった。

「矢吹さま……」

平八郎は、村田家下男の喜助の声に振り返った。

竹箒《たけぼうき》を握り締めた喜助がいた。

「やあ……」

「あの、旦那さまはお役所にお出掛けにございますが……」

喜助は、恐縮した面持ちで告げた。

「うん。今日は喜助さんにちょいと訊きたいことがあってね」

平八郎は、親しげな笑みを浮かべた。

「手前にですか……」

「ああ。勿論、村田さんについてだが……」

「分かりました……」

喜助は、平八郎を組屋敷の台所に招き入れた。

「どうぞ……」

喜助は、囲炉裏端《いろりばた》に座った平八郎に茶を差し出した。

「うん。戴きます」

平八郎は薄い茶を啜った。

「それで矢吹さま。手前に何を……」

喜助は、心配げに眉をひそめた。

「うん。村田さん、私が云ったようにやっているかな」

「はい。暇さえあれば、刀を抜いてじっと見つめ、振り下ろしています」

「そうか……」

村田は云い付け通りにしている。

「ところで喜助さん。村田さん、どうして侍になったんだい」

「それは……」

「自分からなりたくてなったのかな」

「いいえ。旦那さまが、庄助さまは生真面目で、お追従笑いも満足に出来ない質《たち》なので商人には向いていないと仰り、暖簾分けをするより良いだろうと、作事方勘定役の村田さまの養子にされたのでございます」

養子になるにはそれなりの持参金を養子先の家に差し出す。持参金を受け取った養子先は、己の家を養子に譲り渡す。それを御家人株の売り買いと称した。

庄助の父親の米問屋『井筒屋』庄左衛門は、算盤や帳簿付け、金の管理を仕事とする作事方勘定役の家を庄助の養子先と見定め、相手の云い値で御家人株を買った。

「じゃあ、村田さんは武士になりたくてなったわけではないのだな」

「はい。庄助さまは欲のない方にございまして、いずれは井筒屋の跡を継ぐ若旦那さまの奉公人になっても構わないと仰ったのですが、旦那さまがそうもいかぬだろうと……」

「成る程。で、村田さん、作事方の勤めの方はどんな様子なんですか」

「はあ。お客さまに対する気遣いや商いの損得を考えず、帳簿を付けて金を出し入れするだけだから気楽でいいと喜んでいます」

「じゃあ、作事方勘定役の役目で嫌なことや辛いことなどはないと……」

「へい。慣れない内はいろいろあったそうですが、今は別に何もないと。手前にはそう仰っております」

「そうですか……」

どうやら村田庄助は、御家人として作事方勘定役の役目と僅かな扶持米に満足している。

「果し状を突きつけて来た桑原源蔵に関して、今まで何か云ってはいなかったかな」

「それが、手前は今度のことで初めて聞いたお名前でして……」

喜助は困惑を浮かべた。

「初めて……」

平八郎は眉をひそめた。

「へい」

喜助は頷いた。

「しかし、果し合いを望むほどの遺恨を持った相手だ。村田さん、一度ぐらい名前を云ったことがあるだろう」

「そうかも知れません。ですが、手前は覚えてはおりません」

喜助は真剣な眼差しで告げた。

平八郎は喜助の言葉を信じた。

村田庄助と桑原源蔵の間には、役目上での遺恨はないのかもしれない。仮にそうだとしたなら、桑原は役目以外のことで遺恨を持ったのだ。

桑原源蔵の村田庄助に対する遺恨は、役目以外の何処にあるのか……。

平八郎の疑問は募るばかりだった。

三

向島には隅田川からの川風が吹き抜けていた。

岡っ引の伊佐吉は、南町奉行所定町廻り同心の高村源吾の指示を受け、下っ引の亀吉を従えて料理屋『平石』を訪れた。

料理屋『平石』の女将は、伊佐吉の見せた十手に眉をひそめた。

「女将さん。昨夜、桑原源蔵ってお武家さんが来たね」

伊佐吉は女将を見据えた。

「は、はい……」

女将は喉を鳴らして頷いた。

「桑原源蔵、誰と逢っていた」

伊佐吉は、厳しい面持ちで尋ねた。

「それは……」

女将は躊躇った。

「隠しても無駄だぜ。相手は御高祖頭巾を被った武家の女。そうだろう」

伊佐吉は鎌を掛けた。

女将は、伊佐吉が何もかも調べて来ており、隠し立ては出来ないと覚悟した。

「はい。親分さんの仰る通りです」

桑原源蔵は、やはり御高祖頭巾を被った武家の女と逢っていた。

「女、何処の誰だい……」

「そこまでは存じません」

「女将、下手な隠し立ては店を潰すことになるが、それでもいいのかい」

伊佐吉は脅しを掛けた。

「隠し立てなんてとんでもございません。本当に知らないのです」

女将は、真剣な面持ちで訴えた。

隅田川に架かる吾妻橋は大川橋とも称された。そして、橋を境に隅田川の下流は大川と呼ばれていた。

吾妻橋の町駕籠の立場は、橋の西詰である浅草広小路側にあった。

南町奉行所定町廻り同心の高村源吾は、長次に町駕籠探しを指示した。

長次は、昨夜の戌の刻五つ過ぎに向島の料理屋『平石』に呼ばれた町駕籠を探した。

「ええ。あっしたちが平石の下足番の父っつぁんに呼ばれて行きましたぜ」

料理屋『平石』に行った町駕籠は容易に見つかった。

「それで、御高祖頭巾を被ったお武家の女を乗せたはずだが、覚えているかな」

「そりゃあもう……」

駕籠舁は頷いた。

「で、平石から何処まで乗せたのかな」

長次は尋ねた。

「下谷練塀小路ですぜ」

御高祖頭巾を被った武家女は、町駕籠で下谷練塀小路まで行った。

下谷練塀小路は、下谷広小路の町駕籠の立場にも近い。おそらく御高祖頭巾を被った武家の女は、練塀小路の組屋敷に住んでいる小旗本か御家人の妻女に違いない。

長次は睨んだ。

「で、御高祖頭巾を被った女、練塀小路のどの辺で駕籠を降りたんだい……」

長次は、御高祖頭巾を被った女の行方を出来るだけ詳しく割り出そうとした。


南町奉行所は数寄屋橋《すきやばし》御門内にある。

平八郎は、南町奉行所表門内の腰掛で高村源吾を待った。

「待たせたな」

高村源吾が同心詰所から出て来た。

「いえ。それで、何か分かりましたか……」

「うん。ま、蕎麦でも食いながらだ」

高村は、平八郎を促して南町奉行所を出た。

外濠に架かる数寄屋橋を渡ると数寄屋河岸となり、古い小さな蕎麦屋がある。高村と平八郎は、蕎麦屋の奥で向かい合った。

「平八郎さん、何だか妙な話だぜ」

高村は首を捻った。

「高村さん、妙ってのは……」

平八郎は、蕎麦屋の親父が持って来た酒を高村の猪口に注いだ。

「うん。作事方の知り合いに聞いたんだがな。村田庄助と桑原源蔵、それぞれ別の作事の勘定役であり、あまり付き合いはないはずだとのことだ」

高村は、平八郎の猪口に酒を満たした。

「付き合いはない……」

平八郎は眉をひそめた。

「ああ。後はそれぞれ手酌でいこう」

高村は、徳利の一本を平八郎に差し出した。

「ええ……」

平八郎と高村は酒を飲んだ。

「高村さん、そいつは遺恨を持つほどの付き合いがないということですか」

「ああ。桑原源蔵は、確かに材木商や大工たちの便宜を図り、賄賂を貰っているそうだが、そいつは何も桑原に限ったことじゃあない。殆《ほとん》どの者が大なり小なりやっているることで、そいつを同役に知られたからといって慌てる者もおるまいとな」

高村は手酌で酒を飲んだ。

「賄賂が普通に行われているとは、酷い話ですね」

平八郎は呆れた。

「ま。我々小役人には、出入りの業者からの付け届けのお蔭で生き延びているような奴もいるからな……」

高村は自嘲の笑みを浮かべた。

「じゃあ、いずれにしろ桑原源蔵が村田庄助に抱いた遺恨は、役目上でのことではないのですね」

「そうなるな……」

平八郎と高村は、それぞれ手酌で酒を飲んだ。

「となると毎日の暮らしでの遺恨ですか……」

「村田の組屋敷は下谷練塀小路で、桑原は本所南割下水だったな」

「ええ。その辺でも関わりはないはずですがね」

下谷と本所の間には大川が流れ、日頃の暮らしに関わりがあるとは思えない。

「だが、桑原は村田に遺恨を抱き、果し状を突きつけた……」

高村は酒を啜った。

「ええ。遺恨は役目上でも毎日の暮らしでもない別のところにありますか……」

「うん。そいつが何処か……。それから、桑原が向島の平石で逢った相手、今、伊佐吉たちが調べている。何か分かったらお前さんに報《しら》せるはずだぜ」

「そうですか、助かります」

「妙なことはもう一つ。桑原と村田の果し合いだが、作事方の者たちはよく知らないようだぜ」

「知らない……」

「ああ。桑原と村田、果し合いを内緒にしているようだ」

「内緒ですか……」

「うん。その辺が何だか妙に思えてな……」

「ええ……」

果し合いなどは滅多にあるものではなく、誰もが興味を持つことだ。何処から洩れても不思議はない。だが、果し合いのことは洩れてはいない。

剣の腕に覚えのない村田庄助が沈黙するのは分からなくはない。しかし、小野派一刀流を学んだ桑原は、親しい者に告げてもいいはずだ。それなのに、桑原源蔵は一切を洩らさずにいる。

確かに妙だ……。

平八郎は戸惑った。

「で、果し合いは明後日だったな」

「ええ。卯の刻六つ（午前六時）。場所は橋場《はしば》の鏡《かがみ》ケ池《いけ》の畔です」

高村と平八郎は、猪口を伏せて蕎麦を頼んだ。

桑原が村田に抱いた遺恨は、役目上や組屋敷での毎日の暮らしにはない。

残るは村田と桑原の行状……。

平八郎は、猪口に残った酒を飲み干した。

残り酒は五体に冷たく染み渡った。

吹き抜けた風は外濠に小波《さざなみ》を走らせた。

平八郎は、高村と別れて外濠沿いを大川方面に向かった。

「やあ……」

伊佐吉と亀吉が、向かい側からやって来た。

「伊佐吉親分……」

「高村の旦那の処からの帰りですかい」

「ああ。親分たちにも造作を掛けるな」

「いいや、どうってことはないさ」

「で、どうだった」

「昨夜、桑原源蔵が向島の平石で逢ったのは、御高祖頭巾を被った武家の女だったぜ」

「やっぱり、そうか……」

平八郎は、気付かなかったことを密かに悔やんだ。

「それで何処の誰かは……」

「平石の女将を問い詰めたんだが、どうもそこまでは知らないようだ」

「そうか……」

「で、女将の見たところ、女は三十歳前後で武家の人妻だろうと……」

「武家の人妻……」

平八郎は眉をひそめた。

「ああ。それで桑原源蔵と武家の人妻、情を交わしているそうだぜ」

伊佐吉は苦笑した。

「成る程、そういうわけか……」

桑原源蔵と御高祖頭巾を被った女は、密かに情を交わした間柄だった。

不義密通……。

桑原源蔵は不義を働いている。それは、御高祖頭巾を被った女も同じなのだ。

不義密通が村田庄助との果し合いに関わりがあるのか……。

平八郎に新たな疑問が湧いた。

「それから、その御高祖頭巾を被った女の行方だが、長さんが吾妻橋の町駕籠の立場を当たっているよ」

伊佐吉は告げた。

「そいつはありがたい。本当にいろいろ造作を掛けてすまん」

平八郎は、伊佐吉と亀吉に頭を下げた。

「平八郎さん、水臭《くせ》え真似はするもんじゃねえ」

伊佐吉は苦笑した。

陽は西に大きく傾き、神田川の流れを煌めかせていた。

平八郎は、神田川に架かる和泉橋を渡って下谷練塀小路の村田の組屋敷に向かった。

下谷練塀小路の組屋敷街は、夕暮れ前の静けさに包まれていた。

平八郎は、組屋敷街の静けさの中に長次がいるのに気付いた。

「長次さん……」

平八郎は、長次に声を掛けた。

「やあ……」

長次は、平八郎に駆け寄った。

「何をしているのですか……」

「何って、向島の平石から町駕籠に乗った、御高祖頭巾を被った女を追っているんですぜ」

長次は苦笑した。

「えっ……」

平八郎は戸惑った。

「吾妻橋の立場にいた駕籠舁が、この辺りで下ろしたそうでしてね」

「御高祖頭巾を被った女をですか……」

平八郎は少なからず驚いた。

「ええ……」

長次は頷いた。

桑原源蔵と不義密通を働いている御高祖頭巾を被った武家の妻女は、下谷練塀小路の組屋敷街に住んでいる。

「間違いないのですか」

平八郎は、思わず念を押した。

「ええ……」

長次は頷いた。

平八郎は、意外な成り行きに混乱した。

「それで探しているんですがね」

「探すってどうやってですか……」

練塀小路の組屋敷だけでも数が多く、隣の御徒町《おかちまち》も入れるとどのぐらいの数になるのか見当もつかない。

長次は、名前も分からず、御高祖頭巾を被っていて顔も定かではない武家の妻女をどうやって探すつもりなのだ。

平八郎は眉をひそめた。

「夜、出掛けられる武家の奥方さまはざらにはいません。その辺からです」

長次は、平八郎の懸念を見通したような小さな笑みを浮かべた。

「夜、出掛けられる武家の妻女ですか……」

「つまり、亭主が夜のお役目か旅に出ていて屋敷を留守にしているとか……」

それは宿直のある役目か、江戸の外に行く役目に就いている者を指した。

「そして舅《しゅうと》や姑《しゅうとめ》、子供のいない家の奥方さまってことになりますか……」

武家の妻女が、夜自由に出掛けるには様々な条件がある。

長次は、そうした条件に合う武家の妻女を絞り込み、突き止めようとしていた。

平八郎は、長次の抜け目のない強《したた》かさに舌を巻いた。

振り下ろされる白刃は、夕闇の中に蒼白い輝きの尾を伸ばしていた。

村田庄助は眼を瞑り、腰を沈めながら刀を振り下ろしていた。

武士として恥ずかしくない死に方……。

村田は、その一念で平八郎の云い付け通りに白刃を振り下ろしていた。

村田は、振り下ろす刀の重さをすでに忘れ、瞑られた眼の瞼《まぶた》の裏に刀の放つ輝きだけを感じていた。

美しい……。

村田庄助は、白刃を振り下ろし続けた。

平八郎は、庭先で白刃を振り下ろす村田を見守った。

「もう大分やっているんですか」

平八郎は喜助に尋ねた。

「へい。お帰りになられてすぐ……もう、半刻（約一時間）近くなりますか……」

喜助は哀しげに眉をひそめた。

「そうですか……」

村田は、平八郎の云い付けを律儀に守っている。

「武士として恥ずかしくない死に方などと……。御家人株をさっさと売り払い、お侍などお辞めになれば良いのに……」

喜助は、哀しみと苛立ちを交錯させた。

村田は、武士でいたいと思ってはいない。只、与えられた運命を律儀に全うしたいと思っているだけなのだ。

平八郎はそう読んだ。

村田は、白刃を振り下ろし続けている。

白刃はゆっくりと振り下ろされ、夕闇に蒼白い煌めきを放ち続けた。


「お待たせ致しました」

村田は、汗で濡れた身体を井戸端で拭《ぬぐ》い、平八郎の待っている座敷に入って来た。

「大分、刀に慣れたようですね」

平八郎は微笑んだ。

「はい。お蔭さまで……」

村田は、恥ずかしげな笑みを浮かべた。

「ところで村田さん、桑原源蔵に果し合いを申し込まれた理由が何か、思い付かれましたか」

「いえ。それが皆目《かいもく》……」

村田は、申し訳なさそうに頭を下げた。

「そうですか。ならば村田さん、作事方以外で桑原に逢った覚えはありませんか」

平八郎は、村田を見据えて尋ねた。

「作事方以外でですか……」

村田は戸惑った。

「ええ。出仕や退出の途中、非番の時などに下谷広小路で逢ったとか……」

「さあ……」

村田は首を捻った。

「良く思い出してみて下さい」

「はあ。矢吹どの、それが此度《こたび》の果し合いと何か関わりがあるのでしょうか」

村田は眉をひそめた。

「ええ。桑原が果し合いを申し込んで来た理由が分かれば、武士として恥ずかしくない死に方など、する必要がなくなるかも知れませんので……」

「そうですね……」

村田は、吐息を洩らして考え込んだ。

「何でもいいです。気付いたことがあれば……」

「はあ……」

村田は困惑を浮かべた。

座敷に沈黙が過った。

「そう云えば、桑原さまをお見掛けしました」

村田が唐突に沈黙を破った。

「見掛けた……」

「はい。半月ほど前ですか、両国の実家に行く途中、柳橋の船宿の船着場で桑原さまが屋根船に乗り込むのをちらりと……」

柳橋は神田川に架かっており、船宿の多い処だった。

「その時、桑原は一人でしたか」

「いいえ。屋根船には女が……」

村田は、見てはならないものを見てしまったようにうろたえた。

「女が乗っていたのですか……」

平八郎は、御高祖頭巾の女を思い出した。

「えっ。ええ……」

村田は何故か俯いた。

「村田さん、その女、知っているのですね」

平八郎の勘が囁いた。

四

半月ほど前、村田は桑原が女と屋根船に乗るのを見掛けていた。

「その女、何処の誰なんですか……」

「それは……」

村田は躊躇った。

「村田さん……」

平八郎は、躊躇う村田に戸惑った。

「矢吹どの、屋根船に乗っていたのは、向かいの組屋敷の奥方なんです」

村田は、深々と吐息を洩らした。

「向かいの組屋敷の奥方……」

平八郎は驚いた。そして、村田家の向かい側の組屋敷から出掛けて行った奥方を思い出した。

あの女が桑原と不義密通を働いている武家の妻女であり、御高祖頭巾を被った女なのだ。

平八郎は疑問が募った。

「村田さん、その時、桑原はあなたに気付いたのですか」

「いえ。気付かなかったと思ったので私も忘れていました」

桑原は気付かなくても、奥方は気付いたのかもしれない。そして、向かいの組屋敷の主に見られたと、桑原に告げた。桑原は、向かいの組屋敷の主を調べ、同じ作事方勘定役の村田庄助だと知った。

不義密通は御法度《ごはっと》……。

女の夫に知られれば只ではすまない。

村田の口を封じるしかない……。

桑原は、村田を武家の定めに応じて始末すべきだと決め、果し合いを企てたのだ。

平八郎は睨んだ。

「村田さん、向かいの組屋敷の主は何方なのですか……」

「はい。八州廻《はっしゅうまわ》りの大場蔵人《おおばくらんど》さまにございます」

八州廻り、大場蔵人……。

相模《さがみ》、武蔵《むさし》、安房《あわ》、上総《かずさ》、下総《しもうさ》、常陸、上野《こうずけ》、下野《しもつけ》の八つの国は関八州と称され、公儀、旗本、大名の領地が複雑に入り組んでおり、犯罪取締りの難しい地域であった。そこで公儀は、関八州の巡察と犯罪取締りのため、勘定奉行の配下に関東取締出役を置いた。所謂《いわゆる》、八州廻りである。そして、八州廻りは小者と足軽を従え、約四十日を一単位とした巡察に赴《おもむ》くのである。

亭主が江戸を留守にする役目……。

長次があげた条件の一つに合致する。

「大場さまの家族に年寄りや子供はいますか」

「いいえ。ご家族はご夫婦二人だけだと聞いております」

長次のあげた二つ目の条件にも合う。

「村田さん、大場さまの奥方の名は……」

「確か春江《はるえ》さまと伺っております」

大場春江……。

「で、大場どのは今……」

「巡察に出掛けているようですが……」

「やっぱり……」

大場が巡察に出掛けている間に、春江は桑原源蔵と不義密通を働いている。

平八郎は、ようやく果し合いに潜んでいる真相に近づいた。


「村田さんの屋敷の向かいの組屋敷……」

長次は驚いた。

「ええ。八州廻りの大場蔵人の組屋敷で、奥方は春江……」

平八郎は、居酒屋『花や』の賑わいに負けぬように囁いた。

「春江さま……」

長次は、猪口を持つ手を止めた。

「ええ。桑原と春江さんが一緒に屋根船に乗るのを、村田さんは見たそうです」

「屋根船にね……」

「それに、大場さんは八州廻りとして良く江戸を留守にしていて、舅や姑、子供もいないそうですよ」

「そうですか……」

御高祖頭巾を被った武家女は、八州廻り大場蔵人の妻の春江に相違ない。

「その春江さま、果し合いのことはご存じなんでしょうかね」

長次は酒を啜った。

「さあ、それは分かりません」

「それにしても、桑原と春江さま、どうして不義密通なんかしたんでしょうね」

「気になりますか……」

「まあね。で、どうします」

「私が引き受けた仕事は、桑原と春江さんの不義密通を暴くことではなく、村田さんが果し合いで武士として恥ずかしくない死に方をさせることです。それを叶えるには、果し合いを止めさせるのが一番です。果し合いの理由が分かれば、それが出来るかもしれない」

平八郎は、果し合いを止めさせたかった。

「村田さんを果し合いで始末しても、不義密通を知る者は他にもいる。今更、果し合いなど無駄だと報せてやりますか……」

長次は苦笑した。

「それがいいですね」

平八郎は笑った。

「それにしても、果し合いは明後日の卯の刻六つ。止めさせる猶予《ゆうよ》は明日一日しかありませんよ」

長次は眉をひそめた。

「ま、とにかくやってみるしかないでしょう」

平八郎は手酌で酒を飲んだ。

桑原源蔵に果し合いが無意味だと教え、思い止まらせるのが一番なのだ。そうすれば、村田庄助は武士として恥ずかしい死に方をしなくても良い。

それしかない……。

平八郎は、猪口の酒を飲み干した。


本所・回向院から巳の刻四つ（午前十時）を告げる鐘の音が鳴り響いた。

組屋敷を出た桑原源蔵は、南割下水に架かる千歳橋を渡って御竹蔵に向かった。

御竹蔵の裏に出た桑原は、傍らにある馬場に入って振り返った。

平八郎は、苦笑して立ち止まった。

桑原は、組屋敷を出た時から何者かに尾行されているのに気付き、御竹蔵脇の馬場に誘い込んだのだ。

尾行者は平八郎だった。

桑原は、平八郎を厳しい面持ちで見据えた。

「拙者《せっしゃ》に用か……」

「ええ」

平八郎は、馬場に入る桑原の誘いに乗った。

「おぬし、何者だ」

桑原は眉をひそめた。

「お互い、名は名乗らない方がいいでしょう」

平八郎は告げた。

「なに……」

桑原は戸惑いを浮かべた。

「明日の果し合い、八州廻りの奥方とのことが原因ですか……」

桑原は、血相を変えて刀の柄を握り締めた。

「やはり、そいつが世間に洩れるのを恐れ、果し合いで口を封じようとの企てですか」

「村田庄助に頼まれたのか……」

桑原は、微かに声を震わせた。

「ええ。武士として恥ずかしくない死に方を教えてくれとね」

「なに……」

桑原は戸惑った。

「ですが、村田さんは五年前に御家人株を買って武士になった町人。武士として恥ずかしくない死に方をするのはかなりの難問です。それで、いろいろ手立てを考えましてね。辿り着いたのが、果し合いを止めれば良いということでした」

平八郎は、知り合いと世間話でもするかのように親しげに笑った。

桑原は、隙を窺うように平八郎を見据えていた。

抜打ちの一刀が放たれる……。

平八郎は、充分に間合いを取り、桑原の見切りの内から逃れていた。

「どうです。明日の果し合い、止めませんか……」

「止めなかったら、どうする……」

「あなたと奥方との関わりを知っているのは、村田さんだけじゃありません。一昨日の夜、向島の平石で逢っていたのは、私や他の者も知っています。たとえ果し合いをして村田さんの口を封じたところで、私たちが洩らせば……」

「黙れ」

桑原は、鋭く踏み込んで刀を横薙ぎに閃かせた。

平八郎は咄嗟に躱した。

桑原は、平八郎に二の太刀、三の太刀を鋭く放った。刀は輝きとなり、刃風が短い唸りをあげた。

平八郎は、大きく背後に跳んで身構えた。

桑原は、刀を正眼に構えて対峙した。

「小野派一刀流ですか……」

「おぬしは……」

桑原は、刀を抜かずに躱し続ける平八郎がかなりの剣の使い手だと知った。

「神道無念流……」

「抜け……」

桑原は平八郎に迫った。

「あなたが果し合いを思い止まれば、私たちは何もかも忘れると約束しますよ」

桑原は微かに動揺した。

「私は、あなたたちの関わりを世間に晒《さら》そうとしているのではありません。村田さんを死なせたくないだけです」

平八郎は微笑んだ。

桑原は、言葉の真偽を探るように平八郎を見つめた。

「如何ですか……」

平八郎は返事を促した。

桑原の眼に迷いと躊躇いが交錯した。

もう一押し……。

平八郎は桑原を見据えた。

桑原は喉を鳴らした。

「今の言葉に嘘偽《いつわ》りはないか……」

「そりゃあもう。私も武士の端くれ、二言はありません」

平八郎は頷いた。

桑原は刀を鞘に納めた。

「果し合い、思い止まってくれますか」

平八郎は顔を輝かせた。

「本当に春江のことは忘れてくれるのだな」

桑原は心配を過らせた。

「無論……」

　平八郎は力強く頷いた。

「春江は運の悪い女でな。幼い頃に両親を亡くし、親類の間を盥《たらい》廻しにされた挙《あ》句《げ》、厄介《やっかい》払い同然に一回り以上も歳の離れた男に嫁がされた……」

　春江の昔だ……。

　平八郎は、少なからず戸惑った。

　桑原は、春江の過去を淡々と語った。

「そんな春江に惚れた幼馴染みがいてな。何かと相談に乗っている内に……」

　桑原は吐息を洩らした。

「情を交わしてしまいましたか……」

「うむ。私はどうなってもいい。春江だけはそっとしておいて欲しい……」

　桑原は、平八郎に深々と頭を下げた。

　平八郎は知った。

　桑原源蔵は、春江を深く想い、守りたい一心で村田庄助に果し状を突き付けたのだ。

　春江のためには、命はいつでも棄てる……。

平八郎は、桑原の覚悟を思い知った。

「勿論です。春江さんの暮らしを壊すつもりは毛頭ありませんし、事を公にする必要もないでしょう」

平八郎は笑顔で応じた。

「かたじけない……」

「では、これをお返しします」

平八郎は、懐から果し状を取り出して桑原に差し出した。

「果し状の存在を知る者は、村田さんと下男の喜助。それに私たち数人。あなたの方は……」

「拙者一人。春江も知りません……」

「ならば始末は簡単ですね」

「左様……」

桑原は果し状を受け取り、引き裂いた。

「結構です」

平八郎は頷いた。

桑原は、果し状を細かく引き裂いた。

「村田には無用な心配を掛け、申し訳なかったと伝えて下さい」

「心得ました」

桑原は、平八郎に深々と一礼して馬場を立ち去って行った。

平八郎は見送った。

桑原の後ろ姿は、淋しく哀しげな雰囲気を漂わせていた。

平八郎は、不意に不吉なものを感じた。

「無事に終わりましたね」

長次が物陰から現れた。

「ええ……」

「春江さまの昔、あっしの調べと殆ど同じでしたよ。二度目に引き取られた親類の家の隣の屋敷の倅が桑原でした」

長次は告げた。

「桑原と春江さん、その時に知り合いましたか……」

「きっと……」

長次は頷いた。

「いずれにしろ、村田庄助さんの武士として恥ずかしくない死に方の稽古も終わりです」

平八郎は苦笑した。

果し合いは取り止めになった。

村田庄助は、喜助と手を取り合って喜んだ。

「ところで矢吹どの。仮に果し合いになった時、私はどうなったでしょうか……」

村田は、白刃を振り廻して剣の修行をした気になったのか、平八郎に興味津々の眼を向けた。

「相手に刀を斬り下ろし、逃げようともせずに真っ向に斬られ、望み通り武士として恥ずかしくない死に方をしていたはずですよ」

平八郎は笑った。

村田は、突き上げる恐怖に顔色を変えて震えた。

勝負は五分と五分……。

必死な村田が無心で立ち合えば、勝負は引き分け以上になったかも知れない。だが、それは欲を出すと同時に消え去るものでもある。

村田庄助は、すでに必死さと無心さを失った。そして、妙な自信だけを残し、刀を下手に扱えば命取りになる。

平八郎はそれを恐れ、村田庄助に厳しく釘を刺した。

村田庄助は、己の死に様を思い浮かべて震え続けた。

平八郎の仕事は終わった。


居酒屋『花や』の賑わいは始まったばかりだった。

南町奉行所定町廻り同心の高村源吾は、落胆を露わにした。

「そうか、果し合いは取り止めになったかい」

「ええ。楽しみにされていたのに申し訳ありません」

平八郎は苦笑しながら詫びた。

「高村の旦那、そんなに残念がるもんじゃありませんよ」

伊佐吉は、呆れたように窘めた。

「そりゃあそうだが……」

高村は、未練がましく残念がった。

「ま、とにかく血を見ずにすんで良かったじゃありませんか」

長次は笑った。

「まったくで……」

亀吉が頷き、高村、平八郎、伊佐吉、長次に酒を注いで廻った。


十日が過ぎた。

お地蔵長屋の平八郎の家に長次がやって来た。

「どうしました」

平八郎は、寝ぼけ眼で蒲団を出た。

「今朝、橋場の鏡ケ池の畔で果し合いがありましてね」

「橋場の鏡ケ池……」

平八郎は戸惑った。

橋場の鏡ケ池は、村田庄助と桑原源蔵が果し合いをしようとした場所だ。

「ええ。そして、桑原源蔵さんが斬られて死にましたよ」

「桑原源蔵が……」

平八郎は驚いた。

「ええ……」

「誰と果し合いをしたんですか」

「八州廻りの大場蔵人です」

長次は眉をひそめた。

「大場蔵人……」

八州廻りの大場蔵人は、桑原の不義密通の相手の春江の歳の離れた夫だ。

「果し合い、どちらから申し込んだか分かりますか」

「大場蔵人が、桑原に果し状を突き付けたそうです」

大場蔵人は、妻の春江の不義を知り、相手の桑原源蔵に果し合いを申し込んだ。そして、大場は桑原を斬り棄てた。

桑原源蔵は三十五歳、大場蔵人は五十歳に近い。そして、桑原は小野派一刀流の使い手だ。尋常な立ち合いをして、簡単に負けるとは思えない。しかし、桑原源蔵は大場蔵人に斬り棄てられた。

桑原源蔵は自ら斬られたのかも……。

平八郎は、馬場を立ち去る桑原の後ろ姿に漂った哀しさと虚《むな》しさを思い出した。

「それで長次さん、春江さんは……」

「桑原が死んだと知り、胸を突いて自害したそうです」

長次は哀しげに告げた。

桑原源蔵と春江は死んだ。

「そうですか……」

平八郎は驚かなかった。驚くより、春江が桑原の後を追ったのに何故か安心した。

桑原源蔵の妻と娘は、南割下水の組屋敷を立ち退いた。

平八郎は、空き家となった桑原の組屋敷を訪れた。

裏庭に棄てられた塵《ちり》には、大場蔵人が桑原源蔵に宛てた果し状が残されていた。

果し状……。

平八郎は、哀しさと虚しさに包まれた。

死に神

一〇〇字書評

切り取り線

| **購買動機**（新聞、雑誌名を記入するか、あるいは○をつけてください） | |
|---|---|
| □（　　　　　　　　　　　　） | の広告を見て |
| □（　　　　　　　　　　　　） | の書評を見て |
| □ 知人のすすめで | □ タイトルに惹かれて |
| □ カバーが良かったから | □ 内容が面白そうだから |
| □ 好きな作家だから | □ 好きな分野の本だから |

・最近、最も感銘を受けた作品名をお書き下さい

・あなたのお好きな作家名をお書き下さい

・その他、ご要望がありましたらお書き下さい

| | | | | | |
|---|---|---|---|---|---|
| 住所 | 〒 | | | | |
| 氏名 | | 職業 | | 年齢 | |
| Eメール | ※携帯には配信できません | 新刊情報等のメール配信を 希望する・しない | | | |

この本の感想を、編集部までお寄せいただけたらありがたく存じます。今後の企画の参考にさせていただきます。Eメールでも結構です。

いただいた「一〇〇字書評」は、新聞・雑誌等に紹介させていただくことがあります。その場合はお礼として特製図書カードを差し上げます。

前ページの原稿用紙に書評をお書きの上、切り取り、左記までお送り下さい。宛先の住所は不要です。

なお、ご記入いただいたお名前、ご住所等は、書評紹介の事前了解、謝礼のお届けのためだけに利用し、そのほかの目的のために利用することはありません。

〒一〇一－八七〇一
祥伝社文庫編集長　坂口　芳和
電話　〇三（三二六五）二〇八〇

祥伝社ホームページの「ブックレビュー」からも、書き込めます。

www.shodensha.co.jp/
bookreview

祥伝社文庫

死《し》に神《がみ》 素浪人稼業《すろうにんかぎょう》

平成23年4月20日　初版第1刷発行
令和3年2月10日　第2刷発行

著　者　藤井邦夫《ふじいくにお》

発行者　辻　浩明

発行所　祥伝社《しょうでんしゃ》
東京都千代田区神田神保町3-3
〒101-8701
電話　03（3265）2081（販売部）
電話　03（3265）2080（編集部）
電話　03（3265）3622（業務部）
www.shodensha.co.jp

印刷所　萩原印刷
製本所　ナショナル製本
カバーフォーマットデザイン　中原達治



Printed in Japan ©2011, Kunio Fujii ISBN978-4-396-33668-4 C0193

# 祥伝社文庫の好評既刊

藤井邦夫
素浪人稼業《すろうにんかぎょう》

神道無念流《しんとうむねん》の日雇い萬《よろず》稼業・矢吹平《やぶきへい》八郎《はちろう》。ある日お供を引き受けたご隠居が、浪人風の男に襲われたが……。

藤井邦夫
にせ契り　素浪人稼業②

人助けと萬稼業、その日暮らしの素浪人・矢吹平八郎が、神道無念流の剣をふるい、腹黒い奴らを一刀両断！

藤井邦夫
逃れ者　素浪人稼業③

長屋に暮らし、日雇い仕事で食いつなぐ、萬稼業の素浪人・矢吹平八郎。貧しさに負けず義を貫く！

藤井邦夫
蔵法師　素浪人稼業④

平八郎と娘との間に生まれる絆。それが無残にも破られたとき、復讐に燃えた平八郎が立つ！

藤井邦夫
命《いのち》懸《が》け　素浪人稼業⑤

届け物をするだけで一分の給金!? 金に釣られて引き受けた平八郎。しかし襲撃を受け包囲されてしまう。

藤井邦夫
破れ傘　素浪人稼業⑥

頼まれた仕事は、母親と赤ん坊の家族になること？　だが、その母子の命を狙う何者かが現われ……。

# 祥伝社文庫の好評既刊

藤井邦夫
## 銭十文
素浪人稼業⑧

強き剣、篤《あつ》き情、しかし文無し。されど幼き少女の健気な依頼、請けずにいらいでか！　平八郎の男気が映える！

藤井邦夫
## 迷い神
素浪人稼業⑨

悪だくみを聞いた女中を匿《かくま》い、無意識に男を魅了する女を護《まも》る。どこか憎めぬお節介、平八郎の胸がすく人助け！

藤井邦夫
## 岡惚《おかぼ》れ
素浪人稼業⑩

惚れっぽい若旦那が恋敵に襲われた？　きらりと光る、心意気。矢吹平八郎、萬《よろず》稼業の人助け！

井川香四郎
## 秘《ひ》する花
刀剣目利き　神楽坂咲花堂《かぐらざかさくはなどう》①

神楽坂の三日月坂で女が息絶えた。その死に疑念を抱いた刀剣鑑定師・上《かみ》条綸《じょうりん》太郎《たろう》。鋭い目で真贋を見抜く！

井川香四郎
## 御赦免《ごしゃめん》花
刀剣目利き　神楽坂咲花堂②

咲花堂に盗賊が。同夜、豪商が襲われ八名もが惨殺された。同一犯なのか？　違和感を感じた綸太郎は……。

井川香四郎
## 百鬼の涙
刀剣目利き　神楽坂咲花堂③

大店《おおだな》の子が神隠しに遭う事件が続出するなか、妖怪図を飾ると子供が帰ってくるという噂が。その理由とは？